鴻上尚史

人生ってなんだ

講談社+α《プラスアルファ》新書

まえがき

「人生ってなんだ」という、なんとも大上段に構えたエッセー集のタイトルは、長年の担当編集者、田中浩史さんの発案です。

これは、2022年7月に発売した『人間ってなんだ』に書きましたが、27年間にわたって連載を続けた週刊『SPA!』の全エッセーを読み込んで、その中からタイトルに相応しいものを田中さんがセレクトしてくれたのです。

27年間の総エッセー数1204本！　なおかつ、それを書籍にしましたから、各巻の「あとがき」を含めるとエッセー数1223本！

いやあ、頭が下がります。

その1223本から「人生ってなんだ」というタイトルに相応しいエッセーを37本（最終的に32本にまとめました）、選んでくれました。

ぶっちゃけて自分で言いますが、ものすごく面白いです。

なにせ、27年間ですから、書いた本人が忘れているものも多いです。忘れているので、完全に「他人が書いた新作」として読みました。ですから、かなり客観的に判断できたと思います。で、その結論が、「こいつは面白いや！」というものです。

これは、田中さんのセレクトが秀逸だったということもあると思います。

週刊誌に連載したエッセーですから、時事問題が多くなります。その時点では面白いと思っても、後から読み返すと、もう古くなっていたり、切迫性がなかったり、語る意味がなくなっていることはあります。その時点で生々しく衝撃的であればあるほど、急速に色褪せるということもあるだろうと思います。

田中さんは、そういうエッセーをばっさばっさと切り捨てるのはもちろん、時事問題に触れている部分はつまらないけれど他の部分は今も面白いと感じた時は、このエッセーのこの部分とあのエッセーのあの部分をつなげましょう、なんていう大胆な外科手術もしてくれました。

その結果、今の時点で「人生ってなんだ」という視点から見て、面白い本になったのだと思います。

これはまるで、劇作家と演出家の関係のようだと思います。

例えば27年前に書いた演劇作品を上演しようとする時、演出家はまず「今、上演する意味があるか？」を考えます。

そして、「上演する意味がある」と判断したら、次に「より現代の観客に届くためにはどうしたらいいか？」を考えます。より現代に突き刺さり、より今の観客の心をざわつかせる方法を考えるのです。

そして、「このセリフはちょっとカットしよう」とか「ここの部分とここの部分をつなげてみよう」なんてことを考えるのです。

もちろん、1年前の作品なら「これはこのままで上演するのがいい」と判断することもあるでしょう。

田中さんがしてくれたことは、まさにこれです。

これで、面白くないはずがないのです。

と書きながら、ごめん、自画自賛が過ぎると思った人もいるでしょう。

でも、読んでもらえれば、嘘じゃないと分かるだろうと確信しています。

どうかごゆっくり、あなたの人生について考えながら、お読みください。

あなたの人生のなにかのヒントになれば、本当に嬉しいのです。

人生ってなんだ／目次

まえがき　3

1　悩むこと　考えること

ほがらかじゃないほがらか人生相談　11
「考えること」と「悩むこと」は違う　15
あなたの「批評精神」は、元気ですか？　20

2　大人の階段を昇るということ

守るものがないからすべてを守ろうとする若者達と　30
子供だと嘆くなら子供扱いをやめること　36
鴻上流旅行術一人旅編　41

青春の旅立ちは、不安に負けてる場合じゃない　46

3　人を成長させること

吃音の人たちとの表現のレッスン　51
バランスよくマイノリティー感覚を経験すること　59
言葉はいつも思いに足りない　69
理解できないけどやってみるということ　74

4　何者かになることは〝成功〟なのか

かつて僕も「主役」ができる俳優になりたかった　78
オーディションの審査で思うこと　84
〝俳優という夢〟を諦める年齢　94
熱中できるものを〝選ぶ〟難しさ　98

「豆腐リプ」と何者か 102
現実の人生と夢想した人生の折り合いの付け方 106

5 ときにはロマンも必要だ

「生きる」とミニスカート 111
使用済みナプキンに現実を知った日 116
見果てぬロマン 120
予備校の寮で人生を学んだ 125

6 親と故郷

故郷と自立 134
ずっと働いていた両親について思っていること 139
年末年始、あなたは親と話していますか？ 144

母との別れの後にやってきた現実 150

7 割り切れないからおもしろい

「逃げる」という選択 158
「いじめ」と奥田愛基さんとクラスメイトと 162
人生の選択は意外と単純だったりする 167
幸せとは何か？　僕はずっと問い続けている 172
人生の真実は0か100ではない 176
ポジティブな理不尽について 180
『鶴の恩返し』で去らない鶴がいてもいい 184
あとがきにかえて 188

1　悩むこと　考えること

ほがらかじゃないほがらか人生相談

どんなに長く仕事をしていても、「え!?　そんなに評価されるの？」と予想が外れることがあります。

知ってる人は知ってるかもしれませんが、２０１８年夏から、おいら『ほがらか人生相談』というものを始めました。

朝日新聞出版が発行している『一冊の本』という小冊子とネットの「ＡＥＲＡ　ｄｏｔ．（アエラドット）」での連載です。

相談の内容が、「個性的な服を着た帰国子女の娘がいじめられそうです。普通の洋服を買うべきですか？」とか「鬱《うつ》になった妹が田舎に帰ってきましたが、世間体を気にする家族が、病院に通わせようとしません」とか「今年入籍したばかりの妻が、酒を飲むと暴言をはきます」なんていう、『ほがらか人生相談』というタイトルなのに、全然、ほがらかじゃない相談がどっと集まりました。

自分としては、普通に回答していたのですが、気がつけば、「5000万PV《ページビュー》突破」という閲覧数だと、担当編集者が教えてくれました。寄せられる相談も、月平均60本以上で、もう700以上の相談が集まっているそうです。

こんなに反応があるとはと、ちょっと、キョトンとしています。

毎月、ヘビィーな相談に答えるのは大変でしょうと、いろんな人に言われるのですが、じつは、そんなに大変ではありません。

これまた知ってる人は知ってますが、おいらは演劇の演出家を40年ぐらいやっています。

劇団でも、一回限りのプロデュース公演でも、人間が集まりますから、何らかのトラブルはいろいろとあります。

でも、初日は近づき、幕が開いたら楽日まで、公演を続けなければいけません。「ショウ・マスト・ゴウ・オン」です。

何があっても、ショウは続けなければいけないのです。

なので、いろいろとゴタゴタが起こったら、なんとか「明日も公演できる方法」をずっと考えてきました。

僕は22歳で劇団を作りました。俳優も同世代か年下でしたから、俳優としてのプロ意識なんてものはまだありませんでした。それより、みんな人生の悩みに真剣でした。

でも、公演は続くのです。

三角関係になっただの、浮気されただの、親が故郷に帰ってこいと言っているだの、さまざまな悩みを相談されながら、考えていることは、「明日、公演がある。どうやったら、すべてを放り投げないで、なんとか公演を続けられるのだろうか？」ということでした。

つまりは、どんな相談にも、「観念論ではなく、理想論でもなく、精神論だけでもなく、具体的で実行可能な、だけど小さなアドバイス」を常に探しました。

すべては、明日の公演を中止にしないためでした。

映画監督とかTVディレクターを頭の片隅でうらやましく思ったりした時もあります。

映像の人達は、一度、俳優さんの演技を撮れば、後はどんな問題が起こっても問題ないのです。

主役の男女が本当に恋仲になり、そして、片方が浮気をしてしまって最悪の関係になっても、二人の登場シーンを全部撮り終わっていれば、何の問題もないのです。こっちは残ったシーンの撮影を続けてますから、どんどん、ケンカしてちょうだいよっ！　てなもんです。

でも、演劇だと、公演がすべて終わるまで安心できないのです。今日、無事に公演が終わっても、明日、爆発する可能性があるのです。

そんな生活を40年続けてきたので、『ほがらか人生相談』に答えるのは、じつに簡単というか、自然なことなのです。

ネットでの人生相談の反応を見ると、「この相談者は人格が破綻《はたん》している」「私だったら、もう絶対に口をきかない」「すぐに絶交」なんて言葉がたくさんあります。そんなに簡単に切り捨てられたら、どんなに楽かとうらやましくなります。

でも、「ショウ・マスト・ゴウ・オン」の現場では、そんなことは口が裂けても言えないのです。


（2019年9月）

「考えること」と「悩むこと」は違う

今でも覚えている先輩のアドバイスで〝考えることと悩むことは違う〟というのがあります。

これは、僕が劇団を旗揚《はたあ》げしてしばらくたった頃、役者達が、就職か親不孝か（つまり役者を続けるということね）を選択する時期のことでした。

僕自身は劇団を続けることを決めていましたが、役者達をはたして説得できるのか（つまり、役者を続けて、ずっと一緒に劇団をやろうぜということね）、そして逆の説得がはたしてできるのか（つまり、あなたは真っ当な就職をして、役者をあきらめた方がいいよということ）でずっと考えていました。

そんな時、大学の先輩に偶然会って、「鴻上、お前、どうするの？」と聞かれ、人の情けにほろりと来て、事情を話しました。で、最後に、「僕なりに、いろいろ考えているんですけどね」と付け加えると、

「いや、お前は考えてないよ。悩んでいるんだよ」

と先輩は言いました。

「はへ？」と、少年のような素朴な目を向けると、先輩は、

「いいかい。考えるというのは、お前の劇団が、この先、生き延びていくために、日本の劇団、日本の演劇状況を調査して、理解して、ははあ、こういう演劇があるんだ、こういう劇団があるんだ、こういう役者がいるんだと、把握することを言うんだ。そして、役者か就職かを悩んでいる役者とバッティングする役者がどれぐらい日本にいて、お前の作りたいと思っている演劇と近い演劇が日本にあるのかないのかを知ることが、考えることなんだ。悩むってのは、『どーしようかなあ。困ったなあー。あいつ、就職するのかなあー。どうやって説得しようかなー。困ったなあー』って一日中、うだうだしてることを言うんだ。考えれば、答えは出る。が、悩んでも、絶対に、答えは出ない」

と、言い放ったのです。

あたしは、雷に打たれましたね。

それ以来、私はこの〝考えることと悩むことは違う〟をずっと信条にしてきたわけです。

自分の頭で考えても答えが出ない時は、賢い人の頭をどんどん借りました。自分の頭で

悩むぐらいなら、とっとと賢い人に聞くのが一番なのです。

私なんか、その昔、小説を書こうと思って、はたと、小説ってどうやって書くんだろうって詰まって、すぐに、高橋源一郎さんの所に電話しましたからね。

高橋源一郎さんは、競馬評論家でありながら、現代文学の旗手ですからね。

で、「あの、源一郎さん、突然なんですけど、小説ってどうやって書くの？」っていきなり言いましたもんね。

で、源一郎さんは偉かった。電話でえんえん1時間、小説ってこうやって書くんだよと教えてくれましたもんね。

それは、戯曲と小説はいかに根本的に違うかという話だったのですが、物凄く、ためになりました。戯曲家の書いた小説が、どうして今ひとつなのかという原理的理由を丁寧に説明してくれたのです。

さて、そんな20代を過ごしたのですが、それがあなた、30代に突入した途端、どっちを選んでも正しい、もしくは、どっちを選んでも間違っているという問題に立て続けにぶつかったのです。

つまり、〝考えることと悩むことは違う〟じゃなくて〝考えることと考えることは違う〟の状況になったのです。

こうなると、どんな人にアドバイスを求めても、問題は整理できず、あとは、人はこういう場合、情熱で乗り切るんだとか、金銭感覚で乗り切るんだとか、肌の温もりで乗り切るんだとか、そういう選択肢しか残されていないのです。

いや、20代から私はそういう問題にぶつかっていると言われたら、あたしはそれまでなんですが、しかし、どうも、20代でぶつかる問題と30代でぶつかる問題の質が違ってきたように思えるのです。

それはつまり、嫌な上司に嫌な仕事を押しつけられたというのが20代で、自分が責任者としてある仕事を決断しなければならなくなったのが30代という比喩で語られることかもしれません。

で、そういう時、自分はいったい、なにを根拠に〝どっちを選んでもそれなりに正しい〟という問題の決定をしているんだろうと思うのです。

これはつまり、親に反発している時期や親に依存している時期、先輩・上司・パートナーの指示を仰いでいる時期にはぶつからない問題なのです。

例えば、根拠は〝世間体〟のような、分かりやすいたったひとつのものではないと思います。たぶん、複数です。その複数の自分の根拠を自分で捜し、同時に自分の根拠自体を疑う過程が、大人ということなのかと思うのです。

チーマーや昔の暴走族が、「びしっとしろよ」とか「ケジメだよ」とか言うのを聞いていると、彼らの根拠は、あれだけ嫌悪した教師の言葉なんだなと思います。それはとても、つまんないことなんだなあと思うのです。

（1995年3月）

あなたの「批評精神」は、元気ですか？

たとえばあなたが、ある集団の「マインドコントロール」を受け入れて、その集団のメンバーになったとします。

宗教団体でも、政治団体でもいいでしょう。

しばらくは、あなたが見る風景は輝いていることでしょう。何気なく見つめていた街の雑踏も、アスファルトの道路も、走り去る車も、すべて輝いているはずです。あなたは、すべてを理解したのです。世界がどう動いているか、どんなカラクリで動いているか、どこへ向かうか、すべてを理解したのです。

今まで、敵対し、苦しめられ、ノイズでしかなかった世界が、あなたにとって、いとも簡単に理解できる風景へと変身したのです。

特定のイデオロギーや特定の教義を受け入れた人は、「風景が輝く時期」を必ず体験します。

そして、同時に、輝く風景と自分の体が一体になるような至福の時間を、必ず、「マインドコントロール」された人は体験するのです。

例えば、絶頂期の恋愛の状態は、少し、その状態に近いかもしれません。恋人のことを思えば、うきうきと心弾む状態です。ただし、この状態は、近いだけで、「マインドコントロール」の至福の時間とは根本的に違います。恋愛の至福は、恋人との関係において成立します。いつものくすんだ公園も、恋人と歩けば、とたんに輝きだします。

が、「マインドコントロール」の至福は、すべてが輝くのです。世界は、恋人を間にはさまなくても、直接あなたに理解されたのです。世界は、直接あなたに優しいのです。

さて、至福の時間がしばらく続いた後、残念ですがその時間は終わりを告げます。無条件で輝いていた風景は、だんだんとその輝きを失っていきます。

輝く時期は、人によって違います。1ヵ月だったり1年だったり、それぞれです。3年以上何もしないでも、風景が輝いていた人を僕は知りません。

なぜ、輝きが終わるか。

その理由は、人さまざまでしょう。

世界を理解したはずなのに、世界はその通りに変わらないというあなたの「批評精神」が、輝きを失わせるのかもしれません。教祖の教えやイデオロギーや指導方針が、世界を説明し、世界を変えていくはずなのに、何も変わってはいない。教祖の説明に適合するように、世界は動いてはいない。

そう分かってしまうあなたの「批評精神」が、輝きを失わせる。それが一番の理由じゃないかと、僕は思っています。

そして、あなたは、あの輝きを取り戻すために、世界をあなたの理解した方向に、自分の力で動かそうとします。

ビラを張ったり、パンフレットを配ったり、新人を勧誘することで、あなたはあなたの「批評精神」を納得させようとします。

ちなみに、「批評精神」とは、ピンからキリまであります。僕の友人で、統一教会の数日間の泊まり込みセミナーに参加して、参加費をしっかりと払っているのに、夕食に出たカレーに肉が入ってなかったことで、やっぱりあそこは金もうけの集団なんだと判断したヤツがいました。

これも、立派な「批評精神」です。もちろん、教義やイデオロギーを徹底的に検証して矛盾を捜すのも、立派な「批評精神」です。

あなたは、中世に生きている人間ではないので、ちゃんとした「批評精神」があります。何かあるとお告げを頼りにする迷信深いおばちゃんにも、ちゃんと「批評精神」があります。だから、商売霊媒師は、必ず、おばちゃんの不幸の原因を、人間のせいにします。地縛霊や背後霊や守護霊という人間にするのです。

決して、「焼き鳥の霊」や「エビフライの霊」のせいにはしません（焼き鳥もエビフライも、元は生きているんだから、霊になっても不思議はないと僕は思うのですよ）。おばちゃんの不幸の原因は、酒乱の夫かぐれた子供かヒステリーな姑《しゅうとめ》か、必ず人間だからです。犬の霊や猫、狐の霊だという時もありますが、必ず、擬人化できる動物を挙げます。擬人化すれば、それは人間ですから。

だから、決して、「ラッコの霊」とか「ペンギンの霊」とは言いません。そんなことを言ったら、「批評精神」のあるおばちゃんが納得しないことを、商売霊媒師は知っているからです。

ラッコもペンギンもキリンも、みんな日本で死んでいるはずです。だけど、商売霊媒師は語らないのです。

どんな人にも、ちゃんとした「批評精神」があります。ありながら、「マインドコントロール」を受けます。

だから、一所懸命、「批評精神」を納得させようとします。

一所懸命にビラを張り、パンフを配り、新人を勧誘して、あなたの「批評精神」はしばらく納得します。あなたの信じた教義やイデオロギーが正しいから、新人は入ってくるのだと、あなたは納得します。風景の輝きも少し戻ってきます。

が、残念ですが、何百人勧誘したところで、また、あなたの「批評精神」は発言します。1億数千万人がいるこの国で、何百人、何千人が一体、何になるのかと。

しかし、あなたは、その集団にすでにかなりの時間やエネルギーを捧げているのです。ここでやめれば、あなたの人生そのものを否定することになってしまいます。が、悲しいことに、「批評精神」も大きくなっているのです。

「マインドコントロール」を受けながら、しかし、あなたは少々のことでは納得しないのです。

そして、あなたは、おもわず、つぶやくのです。

「ねえ、もっと完璧に私をだましてよ」

もちろん、はっきりとそう意識しているわけではありません。

ただ、輝いていた風景をもう一度体験するために、信者やメンバーは無意識にこう求めるのです。私の「批評精神」を納得させてほしい。私の「批評精神」は、だまされたがっているのだから。

しかし、集団側は、こういう熱情に慣れています。集団側は、その答えを、相手本人に求めます。あなたの「批評精神」が納得しないのは、あなたの努力・勉強・献身・奉仕・活動が足らないからだと返すのです。

そうして、回答の「無限延期」を続けるのです。それが、カルトの特徴です。

僕は、この原稿を書きながら、日本のあちこちにいる、必死で情報を自分の周りから排除しようとしている信者さんのことを思っています。

僕自身、かつて統一教会に取り込まれた二人の人間を奪回したことがあります。

その時は、もう二流の活劇のようでした。

彼の家で、相手側と口論している間に、裏口から逃がしたこともありました。

居所がばれて、相手と数分の違いで、脱出したこともありました。

タクシーを乗って降りて乗って降りて、電車のドアが閉まる瞬間に飛び出たこともありました。

なかったのは、大乱闘だけでした。

その時、若かった僕が得た結論は、一人の人生を救うには、もう一人の人生が必要なんだということでした。

やがて、僕は、演劇に忙しくなって、もう、同じことはできなくなりました。

奪回した二人は、僕の友人や知り合いだったから、かなりの努力をしたのです。

だから、僕は、この文章を、どこかで、信者さんが読んでくれたらいいなと願っています。

もう、僕の人生を提出できない分、この文章がなにかのきっかけにでもなってくれればいいなと思っているのです。


話を続けます。

「批評精神」を納得させる一番の方法は、じつは、疲労です。

純粋に考えれば、そんなバカなと思えるのですが、勧誘に疲れ、ビラ張りに疲れ、パンフ配りに疲れることが、じつは、「批評精神」を納得させる一番、有効な方法なのです。

これによって、信者の人達は、何かをしたという充実感を手に入れ、鋭い「批評精神」を眠らせる（疲労によってです）ことができるのです。

だから、集団を維持していくことに慣れている人は、まず、疲労を体験させようとします。それも、疲れれば疲れるほど、あなたは素晴らしいことをしているのだと言って。そして、疲れを「温もり」が仕上げます。集団内の温もりが、「批評精神」を完全に眠らせます。

かなりの教団が、初めての人を教会やホームに迎え入れる時に、「おかえりなさい！」と声をかけます。あなたは、ここにやっと帰ってきたのですよ。あなたの人生は、今日、ここに来るためにあったのですよ、と。

どんな教団を抜けた信者でも、あの時は、楽しかったと語ります。

本当に楽しく、人間的温もりにあふれていたと語ります。それは、おそらく、本当のことなんだろうと思うのです。

何人もの人が、微笑《ほほえ》みながら、あなたをほめ、受け入れ、激励し、なぐさめるのです。どんな人間だって、程度の差はあれ、世間に対して、肩肘《ひじ》はって、突っ張って、抵抗しているものです。傷つけられないように、積極的に人を傷つけることはないにしても、とにかく傷つけられないように、突っ張ってるものです。

それが、いきなり、無防備の微笑みの中に放りこまれるのです。そこで感激するのは、当然だと思うのです。

僕だって、感激します。そして、この集団の中で、ずっと生きていきたいと思うのです。

だからこそ、その集団から奪回するためには、その温もりに対抗できる何かを提出しないとだめなのです。

そして、その何かとは、片手間にできるものではないのです。人生まるごとをかけて、相手にぶつけるしかないのです。

僕は、友人を奪回する時、ただ、「あなたが人生に求めているものはないのだ」と言い続けました。

相手側の教義や活動の矛盾を語るよりも、その一点にしぼりました。

それは、相手にもちゃんとした「批評精神」があり、ただ、その「批評精神」を自分で眠らせているのじゃないかと感じたからです。

そして、眠らせている理由が、疲労と温もりだと感じました。疲労は、集団から隔離して、ゆっくりすれば取れます。

が、温もりは、強固な記憶として残ります。その時、僕が代わりの温もりを与えてしまっては、なにもならないと分かっていました。それは、極端に言えば、あっちからこっちへ、教団を変えただけのことなのです。

僕は、ただ、あなたが求めている温もりに代わるものなど、この世にはないのだと言い続けたのです。

「真の自己」とか「最終真理」とか、そんなものは存在しないんだと、言い続けたのです。だけど、生きていくんだと。

粘り強く粘り強く、言い続けて、ようやく、友人は納得しました。

納得した瞬間、友人は号泣しました。それは、まるで、生まれてきたことを後悔している赤ん坊のような泣き声でした。悲しくて、そして、たくましい泣き声でした。

20世紀の終わりの泣き声だと思った瞬間、僕も、涙があふれていました。

（1996年7月）

2　大人の階段を昇るということ

守るものがないからすべてを守ろうとする若者達と

早稲田大学の授業で2週間で芝居を作りました。

いったいどーなるんだろうと思っていたら、これがなんと見事に公演は成功して、よかったよかったと喜んでいます。

もちろん、みんな素人で2週間のケイコで無料公演ですから、そんな水準を期待してはいけないのですが、でも、それなりに〝恥ずかしくない・ちゃんとした〟公演になりました。

稽古《けいこ》中、恥ずかしくて笑い、間違えて笑い、冷静に周りを観察していた生徒も、発表当日は、それなりに頑張《がんば》っていて、ほっと胸をなで下ろしました。

この女子生徒は、稽古中、あんまり冷静で表情の変化もないので、「若さがない！　友達から、〝おばさん〟って言われないか⁉」

と突っ込むと、ボソッと、

「〝おじさん〟って言われてます」と答えました。

その言い方が、上質なコントのようなおいしすぎる間とリズムだったので、おもわず笑ってしまい、そのまま、

「で、〝おじさん〟と言われることはどうなんだ？」と聞くと、

「や」

と答えました。

これは弓を手に持っていて、向こうから敵が来るので、僕に「矢」をくれと言っているのではなく、「嫌」と言ってるわけです。いえ、念のためにね。

で、「ようし、嫌なら、若さを取り戻そう。取り戻すと、モテるようになるぞ。素敵な恋人ができるぞお！」

と言うと、彼女は、ほんの少し唇を曲げて、「ニターッ」と笑いました。

どうやら、喜んでいるようでした。

しかし、21歳の女子大生に「若さを取り戻そう」と言ってる俺も俺だなと思いながら、公演後の打ち上げで、生徒の顔をぐるっと見回してみると、2週間前、初めての顔合わせの時よりも、あきらかに顔は若くなっているのです。

もともと、若い方が保守的で、それは、若いがゆえに何も守るものがなく、それゆえに、まるですべてを守らなければいけないような〝誤解《ごかい》〟を持つからです。

結婚し、子どもができ、家のローンなんかが始まると、〝何を守るのか〟ということがはっきりして、その守ること以外は過激になれるのです。

ということを僕は20代の前半に気付いて、だから企業のおじさんは月収何十万円だけを守りたいからこそ（つまり家族ね）、土下座《どげざ》したり偽証《ぎしょう》したり身代《みが》わりになったりするわけで、何も守るべきもののない若者は、守るべきものがないからこそ、すべてを守ろうとして、〝引きこも〟ったりするのです。

なんでこんなことを思ったかというと、早稲田大学の演劇研究会っつうところにいた時に、他の演出家さんからあるダメ出しを受けて、泣きながら、「そんなことをしたら私は私じゃなくなる！」と言っていた女性を見たからです。

その発言を聞きながら（と言って、その演出家さんが要求したのは、もうちょっとコミカルに動くとか大きく笑うとかの単純なことだったのですが）僕は「へぇ、そんなことで自分は自分でなくなるんだ。大変だなあ。おいらはなんとか劇団を旗揚《はたあ》げしようとしててさ、ちゃんと公演できるんなら、かなりのことまでするんだけどなあ」と思っていました。

〝守るべきものが何もない自分〟から〝劇団公演を守る自分〟にアイデンティティーをシフトした時期でした。

ただ僕は演劇や「運動」の過去の歴史を知っていたので、〝劇団を守る自分〟ではなく、〝劇団公演を守る自分〟にしました。

それは、「組織」を守るのか、「組織活動」を守るのかの違いで、しかし、根本的な違いです。〝宗教活動〟ではなく〝宗教団体〟を守ることが、多くの宗教の不幸の原因のような気がします。

で、話はやっと戻って、若者がすべてを守ろうと思ったりすると、老け込むわけです。頑張り過ぎて、怯《おび》え過ぎて、守り過ぎると老けますからね。

で、そんな保守的だった若者の顔が、打ち上げを見ていると、「なんだか、人生、やってみようかな」という前向きの顔になっていて、「締め切りを過ぎた脚本も2本あるし、こんなことやってる場合じゃないんだよなあ」と思っていた僕も、そんな顔を見て初めて「ああ、やってよかったなあ」と思いました。

もうちょっとで「表現することの楽しさ」にたどり着くのになあ、残念だなあと思っていた生徒も、打ち上げで話すうちに、ものすごく楽しくいろんなことを得ていたことが分かり、なるほど、プロの目で見てはいけないんだということも教えられました。

知人が、小学生の子どもを地域のバレーボールチームに入れた所、コーチは、全日本だかなんだかの頑張った人で、ものすごく厳しい練習が始まったと言っていたことを思い出しました。

まるで全国大会に出場する企業チームみたいな怒鳴り方や指導をするので、一緒に入った友達の子どもはすっかりバレーボールを嫌いになってチームをやめてしまったそうです。

で、周りの人に話を聞いてみると、そのチームは、人の出入りが激しく、その厳しさについていけない子ども達が、みんな同じようにバレーボールを嫌いになってやめるんだそうです。

で、知人はなんでそんな指導方法しかしないんだろうと思っていたのですが、途中でハタと、「そんな指導方法しか知らないんだ」と気付いたそうです。

その男性コーチは、ずっとそういう指導を受けてきたから、地域の小学生のチームでも、そんな言い方と指導しかできないんだと分かったのです。そして、彼の子どももバレーボールを嫌いになってやめたそうです。

全国優勝は狙《ねら》っても、バレーを楽しむという視点がないコーチだったんだと彼は思ったのです。


（2002年8月）

子供だと嘆くなら子供扱いをやめること

去年に引き続いて、今年も早稲田大学で「2週間で芝居を作って発表する」というムボー過ぎてムボー過ぎるがゆえにやってしまう授業が終わりました。

なんのことかと言えば、おいらは早稲田大学で客員教授なんてーものをやっているのですが、夏期ワークショップという名前で、一般の生徒相手に、2週間で芝居を作って、なおかつ、発表会までやるという、ものすごい授業があるのです。

ま、プロの演劇人から見ると、「そりゃあ、無理でしょう」と一言ですまされるものなんですが、これまた、プロの演劇人であるおいらからすると、あんまりにもムボーなので、かえって、清々しさを感じる授業なのです。

学生はもう、2週間、お祭りみたいなもんで、朝から晩まで役者とスタッフを兼ねて走り回り、土日は一応休みとなっていますが、間に合わない舞台装置を作っていたり、衣装を縫《ぬ》ったりしています。

去年は、なにもなく無事にお祭りの授業は終わったのですが、今年は、途中でリタイアする学生が何人か出ました。

本人達は一生懸命なので、途中でリタイアしても、単位は出そうと思っているのですが、ある学生の場合は、親が抗議して、学生がリタイアするという結果になりました。

あんまりにもハードワークなことをやらせている授業がおかしいという抗議でした。

「うちの娘を壊したのは、お前だあ！」と、欠席を心配して電話した（大学の）助手さんに、父親が突然、娘の携帯を奪って叫んだそうです。

叫ばれた助手さんは、（つまりは、私の演出助手さんです）今まで、人間から、そんな怒鳴られ方はしたことがなかったようで、かなり落ち込んでいました。

欠席した女子学生は、ものすごく内気で声の小さい人でしたが、授業が始まって何日か後は、引っ詰めの髪をおろして、眼鏡も外して、だんだん、〝解放された〟方向に進んでいると思っていたので、ショックでした。

どうも、演技がうまくできない、というのが彼女のプレッシャーの原因だったらしいので、じゃあ、例外として役者はやらなくていいから、ここまでせっかくやったんだから、スタッフだけでも続けたらと助手さんに伝言し、それを伝えようとして、助手さんは、父親に怒鳴られたのです。

彼女はそれっきり来なくなったのですが、興奮した父親は「明日、大学に抗議に行く、お前達は娘をメチャメチャにした」と叫んだというので、大学の職員さんに事情を話すことになりました。

ぶっちゃけ言えば、僕は、こういう場合、「来なさい」と思っています。

そんな無理なことを要求したつもりはまったくないし、どう考えても理不尽ですから、授業を見学してもらって、とことん話そうと思うのです。

で、もっとぶっちゃけ言えば、僕は客員教授ですから、抗議をどーんと食らって、大学側から「ま、しょうがないですから」と首を切られても、問題はないのです。だって僕は演出家で、一時的に「客員教授」なんていう偉そうな〝立場〟をもらっているだけですから、いつでも、抗議する父親と心中してやると思うのです。

で、結局、次の日、待てど暮らせど、抗議の父親は現れなかったのですが、僕の上司に当たる担当教授といろいろと話をしました。

今年、早稲田大学は鬼畜イベントサークル問題（早稲田大学の学生が中心となっていたイベントサークル「スーパーフリー」のメンバーが数年にわたり輪姦を繰り返していた事件。2003年5月、警察に被害届が出され、翌月に代表者らが逮捕されたことで事件が発覚）で揺れたのですが、この時は、大学に抗議のメールが８００通も来たそうです。

　でね、おいらは何を思うのかというと、「おいおい、相手は大学生だぜ」ということです。処分が生ぬるいだの、不当であるというメールなら分かります。が、「おたくの教育方針は間違っている」というメールは、それはないだろうと思うのです。だって、20歳過ぎた大学生が犯罪を犯した時に、「教育方針」もないだろうと思うのですよ。

　今年、関西の大学の大バカ者が、広島の平和の折り鶴を燃やしたでしょう。で、その学生が通っている大学の学長が謝罪のために広島まで行って関係者に頭を下げたでしょう。で、マスコミは、基本的には好意的に評価したでしょう。学長も、「しっかりとした教育方針でやっていく」というようなことを述べたわけです。

　学長には、本当に同情しますが、しかし、広島まで行って謝罪してはいかんと僕は思うのです。大学にいたまま、

「大学としては、まことに遺憾《いかん》なことではありますが、なにせ相手は大学生。いい年をした大人です。ここで、もう一度教育しなおすとか、正しく指導するなんてことを言うと、相手を子供扱いすることになり、それは、大学としては自殺行為のコメントになります。もちろん、大バカの学生は厳しく処罰します。以上」

てなコメントを出すのが正しい道だと思うのです。

広島まで行ってしまうのは、親代わりの行動です。が、大学生に対して、親代わりを務めるのは、そしてそれが日本の常識になるのはとてもまずいのです。

「彼らを子供扱いするのをやめたまえ。そうすれば、彼らは子供をやめるだろう」という言葉があります。出典はもう忘れましたが、僕はこういう事件があるたびに、この言葉が浮かびます。

ずっと子供扱いして、そして、子供だ子供だと嘆《なげ》く。ずっと子供扱いして、少しも成長しないと嘆く。それは、無茶なことだと思うのです。

父親の電話以来、来なくなった女子学生に対して、僕はただの教官ですから何も言えません。言う権利もありません。ただ、その将来を心配するだけです。彼女はこれからも、大変な時は、父親と母親（その前に母親からの電話もあったのです）に電話してもらうのだろうか、と。

（２００３年８月）

鴻上流旅行術一人旅編

たとえば、あなたが一人で旅に出たとします。

外国だとしましょう。

1週間もすると、あなたは意外なことに、淋しさを感じている自分を発見します。

旅行に出発してからの何日間は、旅に出たという興奮で気づきませんでしたが、風景に慣れ始めると、ある淋しさを感じ始めます。

それは、旅行に出る前にたてた目的のひとつひとつに退屈し始めたという理由もあります。

美味しいものを食べること、名所旧跡を回ること、買物をすること、それらは大切ではあっても、一番、重要なことではないんじゃないかと感じ始めます。

もちろん、それらは、あなたに旅の興奮と楽しさを与えてくれます。明日も、いろんなものを食べて、いろんなものを見て、いろんなものを買おうと思います。

が、旅のスケジュールを消化しながら、同時にスケジュールを消化することに退屈している自分を発見して驚くのです。

日本にいる時は、こんなことはないのにとあなたは思います。日本にいる時は、迷うことなくスケジュールを消化していたのに。

その時、あなたは、自分の体に流れる速度が、日本の日常の速度とはっきり違うことを理解するのです。

日本の速度から、初めて、自由になった瞬間を感じるのです。

同時に、それは、体が旅を受け入れていることだと感じます。頭でスケジュールを消化している時、体が、もう少しここにいたいと言っている瞬間に出会うのです。

一人で旅に出てから、10日ほどがたっています。

あなたは、自分のたてたスケジュールをもう一度、見つめなおします。明日、行こうと思っているこの場所に、自分は本当に行きたいんだろうか。行こうと思っているこのお店は、本当に必要なんだろうか。

あなたは、初めて、なんのために、自分はここにいるのかという疑問を持つのです。

けれど、あなたは、旅のスケジュールを消化し続けます。少しずつ、少しずつ、スケジュールはこぼれ始めますが、それでも、なんとか、こなしていきます。

時折、公園のベンチで、ぼーっとすることもありますが、なんとか、スケジュールをこなそうと思っています。

が、体は、名所旧跡を回る時より、ベンチでぼーっとしている時の方が喜びを感じているということに、あなたは気づき始めています。

もう旅は、2週間を越しました。

あなたの淋しさは、どんどん深くなっています。

が、不思議なことに、旅先で出会う人が増えてきます。

ベンチや駅や木陰でぼーっとしている時、おもわず、声をかけたり、かけられたりする機会が増えていくのです。

今までの速度では、気づかなかっただろうとあなたは思います。淋しさもあるけれど、自分の速度が遅くなったから、人と出会うようになったんじゃないかと、あなたは思います。

いろんな人に出会います。

英語がつたなくても堪能でも、人と出会うのは、楽しいものです。

旅の淋しさに包まれていればいるほど、強烈に楽しいものです。

が、あなたは旅人なのです。お互いが理解しあうということには、限界があります。出会いが楽しければ楽しいほど、一人になった時の淋しさは強烈になります。

そして、あなたは、一人である自分を見つめます。その時、あなたが日本の生活で隠していた問題が、突然、わき上がるのです。

それは、自分でも驚くほど意外な速度でわき上がってきます。

日本での生活で、わざと見ないようにしていた問題、本当はこうしたいと思っている問題、自分が本当に抱えている問題、それらが、とめどもなく溢《あふ》れてくるのです。

それは、苦痛ではありません。あなたが、自分は本当は何をしたいのか、本当は何を問題としたいのかに、気づく瞬間なのです。

日本にいたら、どんなに考え続けても、決して、分からなかった問題が、いとも簡単にわき上がってくるのです。

この時、あなたは、旅で美味しいものや美しい風景や土地の親切な人と出会ったのではなく、旅先で、あなた自身に出会ったのです。

日本にいては決して出会えなかった、あなた自身に、あなたはやっと出会えたのです。

ここからは、あなたのたくましさが旅を決めます。

あなたが残念なことに弱ければ、自分と出会った街で、一歩も動けずにいるでしょう。旅の用語で、これを「沈没」と言います。もちろん、沈没もまた素敵なことです。弱いと感じていた自分の心の奥底に、あるたくましさを感じて、沈没から帰って来た人をたくさん知っています。もちろん、沈没したまま、自分の生命まで「沈没」させた友人も知っています。

あなたが強ければ、または、あなた自身と出会った街の物価が高いか、航空券の期限があれば、あなたは日本に帰って来ます。

あなたの旅は、1ヵ月で終わったか、1年以上かかったか。

でも、あなたは、とても貴重なものを手に入れたのです。

忙しさに紛れて、決して気づかなかったモノと出会ったのです。本当は、人生のうちで何度も、この旅は必要なのです。

（1996年12月）

青春の旅立ちは、不安に負けてる場合じゃない

おいら、早稲田大学で客員教授なんつーものをやっていると前にも書きましたが、そこで、最後の授業の後、クラス飲み会をやったわけです。

休みがちだったとはいえ、1年間毎週1回90分間授業をしたりすると、なかなかしみじみと〝惜別《せきべつ》の情〟なんてものも感じます。

自分で言いますが、僕の両親は小学校の教師でしたから、その気質をばりばり受け継いで、僕はものすごく、教師体質です。

なまじ、日教組だった両親が（当時の）教育委員会に組合員切り崩しの見せしめで、四国山脈の奥地なんかに飛ばされたりしたもんだから、で、幼児だったおいらは話し相手がいないもんで、教室の片隅で親の働く姿をじっと見ていたりしたもんだから、ますます教師体質が刷《す》り込まれたのです。

で、これまた自分で言いますが、教師体質とはなんだと言われれば、それは、生徒の成長を見守るのが好きなんてことですが、同時に、ちょっと上からモノを言うクセがついて

いるだの、バカになる手前でちゃんとしようとしてしまうだの、〝そんな奴って、ちょっとイヤじゃん〟という体質でもあるわけです。

なおかつ母親は、45歳の時に障害児教育を追究したいと小学校の教員をやめて、大学の通信教育とサマースクールで養護教員の免許を取ってアメリカまで研修に行ったなんていう女性で、これまた、自分で言いますが、〝燃える希望と向上心体質〟も受け継《つ》いでいるのです。

あ、これ、自慢じゃありません。もし僕が教師なら、これはすごい自慢ですが、僕はプロの演出家で作家なわけです。プロの演出家なんてのは、選別していくのが仕事です。教師は、均等に見守るのが仕事です（できるかどうかではなく、理念の問題としてね）。

で、プロの演劇の現場では、僕はいつもアツレキを感じていて、大学で教えるなんてのは、ひとつの罪滅ぼし（というと、教えている生徒に申し訳ないのですが、オーディションで落とし、稽古で選別していく真逆《まぎゃく》の仕事として）、つまり、バランスを取るために引き受けたというのが一番の理由なのです。

もちろん、30人ほどの学生の中には、俳優志望の人間もいるのですが、それだけではありません。

授業の打ち上げで飲んでいると、生徒一人一人の希望が見えてきます。

普通はそんな話はしないで、「こえ」と「からだ」のレッスンをしているので、生徒の人となりは分からないのです。歌手になりたいという女子生徒がいて、彼女は今年卒業なのですが、親の反対を押し切って就職をしないと決めたと言いました。

「鴻上さんは（僕は先生と呼ばれるのが好きじゃないので、さんづけにしてもらっているのです）演劇を始めようと思った時、不安じゃなかったですか？」

と、その女子生徒は聞きました。

「保証のない生活を選んで、将来のことを思ったら、不安になりませんでしたか？」

彼女は少し酔っぱらった目でさらに聞きました。

僕は、「残酷な言い方になるかもしれないけれどね、あなたが保証を求めないと不安なら、歌手になろうなんて夢を持たない方がいいと思うよ。僕が劇団を旗揚げした時、不安なんかより希望の方が強かった。明日にでも天下が取れると思っていたからね。自分は間違いなくプロの演出家になれて作家になれると思っていたんだもん」と、僕は答えました。

今から思うと、なんという大胆な根拠のない自信（笑）だろうと思いますが、青春の旅立ちの瞬間に、不安に負けている場合じゃないだろうとも思います。

ま、のん気だったというだけのことかもしれませんが、何かを始める時に、のん気だというのは、とても必要なことのような気がします。

映画監督志望の男もいて、今年、卒業したら、フランスの映画学校に入学するんだと豪語していました。そのわりに、フランス語はたいしたことはないようで、ちょっと心配になりましたが、同時に嬉《うれ》しくもなりました。

構成作家になるために、今年で大学を中退する、その記念にこの授業を取ったと言うオタクっぽい男子学生もいました。

ちゃんとした就職をしたいと思ってるんですという生徒も大勢いました。不況で、志望が叶《かな》わなかったからまた1年留年すると語る生徒も何人もいました。

クソ忙しい中なのに、朝の5時までえんえんと飲み会は続きました。

希望に溢れた飲み会は楽しい。それだけのことです。

みんな、若く、人生に希望がある。

俳優志望も何人もいました。俳優志望にだけは、僕は冷たいのですが（だって、こっちは生徒と思っても、向こうは演出家と思いがちで、そうすると、愛のある教育を演出家の承認と受け取る傾向があるので）それでも、彼ら彼女らは20代前半ですから、希望に溢れています。

飲みながら、「みんなの希望が叶《かな》ったらいいのになあ」と僕は言いました。

「歌手になれて、映画監督になれて、ちゃんと就職できて、構成作家になれて、俳優になれたらいいのになあ。そして、何年後かに、こうやってまた酒が飲めたらいいのになあ」

みんな頷《うなず》きました。

そうなってほしいと僕は心底思いました。それは奇跡で、奇跡を信じなくなったら生きていてもつまらないと思うからです。

（２００４年１月）

3　人を成長させること

吃音の人たちとの表現のレッスン

ワークショップをやっていて、ふと、幸福だなあと思う瞬間があります。

2002年の秋、ぼくは、日本吃音《きつおん》臨床研究会という団体が主催する合宿に、ワークショップをするために招かれました。

「吃音」とは、平たい言葉でいうと、「どもり」ということです。

代表の伊藤伸二《いとうしんじ》さんは、「吃音ではなく、どもりと言って欲しい」と、軽くどもりながらおっしゃいます。

「吃音」という言い方だけしかなくなったら、自分達どもりの存在が否定されてしまうような気がするとおっしゃるのです。

合宿の参加者は、ほとんどの人が、どもりの人でした。

伊藤さんは、「どもりに悩むのではなく、どもりである自分を受け入れて、そして、表現を楽しもう」という狙いで、僕のワークショップを希望されたのです。

僕はいろんな所でワークショップをしています。

もちろん、時間がなくて、ほとんどの依頼は断るしかないのですが、それでも、なるべくいろんな人と出会おうとしています。

未知な人と出会うことは、なにか、面白いことが待っているんじゃないかと思えるからです。

が、どもる人のワークショップは初めてでした。

そもそも、どもりは、〝隠された障害〟になりがちです。どもる人は、笑われ、傷つくことを恐れて、なかなか、人前で喋《しゃべ》らなくなるのです。

そして、そうなると、どもらない人は、どもる瞬間に出会うことが少なくなり、たまに出会うと、ただそれだけで、反射的に笑ったりしてしまうのです。

そして、悪循環が始まります。

どもる人は、笑われたから、ますます人前に出なくなり、どもらない人は、ますますどもる瞬間に出会わなくなる。

自分の今までのワークショップを思い出しても、激しくどもってレッスンが進まなくなった、という経験はありませんでした。どもる人は、〝予期不安〟という「どもったらどうしよう。今は大丈夫でも、いつどもるかもしれない」という不安に捕らわれて、なかなか、そういう場に参加しないんだと、伊藤さんは教えてくれました。

一体、どんなワークショップになるんだろうと思いながら、「ま、なんとかなるだろう」と思うのもいつもの僕のことで、合宿会場の滋賀県草津の会場に向かいました。

琵琶湖近く、JRの草津駅に降り、タクシーに乗り込み、「お客さん、遠くからですか？」と運転手さんに話しかけられ、「あの、草津って、温泉があるんですか？」と素朴に聞けば、「あんさん、それは、群馬県でしょうが。ここには、滋賀県で温泉なんかあらしまへんで」と軽く突き放され、「そうでしたか」と答えれば「それでもね、1年に二人ぐらい、群馬の草津と勘違いした人が来ますわ。旅館の名前言ってね。そりゃ、あんた、遠すぎますわって答えます」と運転手さんは、楽しそうに答えました。

会場についてみれば、参加者は60人ほど。7割近くがどもる人で、残りが教師・教育関係の方でした。

さて、ぼちぼち始めますか、と体をほぐしながら、様子をうかがいました。

中年の男女は楽しそうな顔をしていますが、20代の男女は、みるからに緊張しています。

自分がなるべく発言しないようにしようと、身構えている雰囲気が伝わってきます。

伊藤さんは、事前に、「年齢を重ねてくれば、だんだん、自分の〝吃音〟と付き合い、受け入れられるようになりますが、思春期の男女は、それはもう、苦悩します。恥ずかしくて、こういう合宿に出るだけでも、大変な勇気が必要なんです」と教えてくれました。

さて、じゃあ、軽くゲームから始めますか、と呼びかけてから、慎重に、特定の言葉がキーワードにならないようにゲームを進行し始めました。

特定の言葉、たとえば「ストップ」が、ゲームのキーワードの場合、〝ス〟がどもる人は、なかなか、気軽に参加できなくなるわけです。その場合、「とまれ」「待て」「フリーズ」「ちょっと！」などの〝言い換《か》え〟の可能性を、さりげなく提示してゲームを始めました。

もっとも、これは、それが正解というわけではなく、僕が勝手に思ったことです。

みんな、だんだん楽しそうになってきたので、「椅子取りゲーム」をすることにしました。

円形に椅子に座って、一人が真ん中で何かを言って、該当する人が立ち上がって、別な椅子に移動するという、みんなが知っている「椅子取りゲーム」です。「フルーツ・バスケット」と呼ばれたりします。

ただ、僕がやる「椅子取りゲーム」は、真ん中で言う時に、「自分に該当することだけを言う」というルールがあります。

つまり、「朝、朝食を食べなかった人」と言えるのは、実際に「朝、朝食を食べなかった人」だけで、「盲腸の手術をしたことがある人」と真ん中で言えるのは、実際に、「盲腸の手術をしたことがある人」だけということです。

楽しくゲームをしながら、自己紹介と仲間作りも兼ねてしまおうというルールです。

だって、「ラーメンがものすごく好きな人」と言って何人かが立ち上がったら、それを言った人も立ち上がった人も「ラーメン大好き」ということになりますから、後々、「美味しいお店を知ってる？」と会話が始まる可能性があるのです。

僕は、「これなら、言葉を選べるから、どもる人も楽しめるんじゃないか？」と思って始めたのです。

が、最初の人から、いきなり、どもり始めました。

「き、き、き、き、き、きのうよ、よ、よ、夜、お酒をの、の、の、の、の、」

僕は、一瞬、しまったと思いました。

ワークショップにおける最初のゲームの意味は、雰囲気作りです。「表現」のレッスンの前に、楽しく、リラックスした環境を作ることが最初のゲームの役割です。

これが成功したら、ワークショップの5割は成功したと言っても過言ではないのです。が、最初で、いきなり、どもる状況を与えてしまった、さてどうしようと、僕は思いました。

が、顔を真っ赤にして、どもっているその若者に対して、椅子に座った人達から、すぐに「どうした！」とか「分かんないぞ！」とか「なんだって！」と声が飛んだのです。

言葉にすると、責めているようですが、そうではなく、それは、例えば、結婚パーティーで、感謝の言葉を言おうとして、緊張してとっちらかってしまった新郎に対して、悪友達が、笑いながら「なんだって！」「どうした！」と突っ込む匂いと同じものでした。

突っ込みの言葉が飛ぶたびに、軽い笑いが起こり、どもっている人は、苦笑いしながら、言葉を続けました。

「の、の、の、飲んだ人！」

と叫んで、どもった人は楽しそうに椅子に向かって走っていきました。

苦笑いは、決して卑屈な笑いではありませんでした。どもる自分に対して、しょうがないなあという突っ込みの笑いでした。

次に真ん中に立った若い女性は、いきなり、「ど、ど、ど、ど、ど、ど、ど、どもりの人！」

と叫びました。

そして、いっせいに、うわっとみんな、腰を上げました。

僕は、圧倒されていました。

真ん中に立つ人は、軽くどもったり、顔を真っ赤にしてどもったり、体全体をくねらせてどもったりしながら、次々といろんなことを言いました。

それは、あったかい「椅子取りゲーム」でした。

真ん中で言葉を出すことを楽しみ、楽しんでいる人を楽しみ、その言葉の内容を楽しみ、出した言葉に敏感に反応する、かつて経験したことのない、「椅子取りゲーム」でした。

みんなが、どもりながら真ん中で話している人の言葉に集中しているのが分かりました。真ん中でどもっている人は、言葉を出すことを楽しんでいるのが分かりました。

こんなあったかい「椅子取りゲーム」を僕は初めて経験しました。体に幸福な気持ちが満ちてくるのが分かりました。このまま、この幸福な時間を大切にしたいと感じました。

が、僕は、ワークショップ・リーダー（役割によっては、ファシリテイターという呼び名もあります）で、「表現」とはどういうことかを伝えにきたと思って、「椅子取りゲーム」を終わらせました。

幸福な時間は終わり、好奇心に満ちた時間が始まりました。

後から、伊藤さんにお聞きした所、ふだん、どもっている若い男女が、こんなふうに大きな声で、堂々とどもって叫ぶのは、めったにないことだとおっしゃいました。

みんなどもっているから、自分もどもれると思ったのでしょうと、伊藤さんはおっしゃいました。仲間がいる、自分と同じことで苦悩している仲間がいる、そして、大きな声でどもってもいいから話せる、それが、「椅子取りゲーム」の幸福感の正体のようでした。

「表現」のレッスンをしながらも、僕は、幸福な時間の余韻《よいん》にひたっていました。

そして、幸福な現場に立ち会えたことを、本当に幸せに思ったのです。

（2002年11月）

バランスよくマイノリティー感覚を経験すること

そもそも、日本吃音臨床研究会の伊藤伸二さんと出会ったのは、僕が1998年秋にイギリスから帰ってすぐ後のことでした。

伊藤さんから、〝どもることの苦しさ〟をいろいろとお聞きしているうちに、なんだか僕は「まてよ、この感覚を僕は知っているぞ」という気持ちになりました。

自己紹介の時に笑われる話。うまく言葉がでなくて、自分の気持ちとかけ離れた言葉をとりあえず言ってお茶をにごす話。分かっているんだけど、言葉がでないから、「分かりません」と授業中に答える話。そして、言葉に詰まったり言葉が流暢《りゅうちょう》にでないことそれだけで、相手から、知能や人格を一段低く見られてしまう話。

これらは、すべて、「どもり」に関する話でしたが、僕には、海外で「英語」を話す時に感じられること、そのものに思えたのです。

拙《つたな》い英語で笑われる感覚。「ワクワクした」と言いたいのに、「ワクワク」という英語が分からないので、「アイム・ハッピー」と、気持ちとは別の言い方を選ばないといけない感覚。

それは、「カ行」がどもってしまう人が、人前で「くやしい」と言えないので「つらい」と言い換える感覚そのものじゃないかと思ったのです。

そうすると、「どもりは絶対に治る」という考え方は、「日本人でも、ネイティブと同じ英語を話せるようになる」と思うことと同じで、もちろんそうなるにこしたことはないんですが、もしそうならなかった時に、「英語さえなんとかなったら自分の人生は変わるのに」と思ってしまう感覚は、「どもりさえ治れば、人生は変わるのに」と思う感覚とも同じだと僕は思ったのです。

海外では、こう思い続けて、引っ込んでいる日本人は多いのです。「英語さえ話せれば、人生は変わるのに。でも、今、ネイティブみたいに話せないから、家にいるしかないんだ」と思って、〝暗い〟人生を送っている人たちです。

暗黒面の力は強く、こう思っている人は、こう思っている人を引き寄せます。

ロンドンのチャイナ・タウン近くのパブで出会った日本人は、3年近くロンドンにいるのに、ほとんど英語が話せない人でした。

ただ、日本人を見つけて話しかけて、「いやあ、英語さえうまく話せたら、いいのにねぇ」と言っていました。そして、いつの間にか、同じことを言う日本人が集まっていました。

その〝暗黒の力〟は強烈で、思わず、「そうだよなぁ。日本語でいいじゃん。英語を話そうとして、バカにされたり笑われたりするぐらいなら、日本人とだけ話して、あとはじっと黙っていればいいじゃん」と思ってしまうぐらいのエネルギーでした。

暗黒の力を持つ人と出会った時に唯一できることは、逃げることだけです。相手のその暗黒面をなんとかしようなんて、間違っても思ってはダメです。それは、ムリでムダと言うものです。

だから、僕は、そのパブにさえ行かなくなりました。

というような話を、合宿に集まった〝どもる人達〟にしました。

そして、英語に苦しんだ僕が、なんとか生き延びるために見つけ出したテクニックを話しました。

例えば、会話は内容ではなくリズムと判断して、タイミングがずれた長文のナイスな答えより、「そうそう」とか「うん」とかの短い答えでリズムを大切にすべきだという話。

それは、たぶん、〝どもる場合〟も同じで、単語でもいいから、短くリズムの中で生きる方が重要だと思うのです。

また、ロンドンの演劇学校では、昼休みに、いつもサンドイッチを買って、中庭でみんなで昼食を取っていたのですが、そういう時は、最初のうちに発言するようにしました。「このサンドイッチ、美味しいね」とか「今日はいい天気だね」とか、単純な言葉ですが、最初に発言しておけば、あと何十分、発言しなくても、「あいつは、いつも黙ってる」と思われなくてすむのです。後になればなるほど、事態は複雑になり、英語の聞き取り能力が試されてしまいます。最初なら、内容は複雑になっていなくて、短い言葉でも大丈夫なのです。

たぶん、〝どもる〟場合も、最初のうちに、短く「そうね」とか「美味しい」とか言っておけば、〝仲間〟と思われる可能性が高いと思います。

そして、最も大切なことは、ユーモア。ウイットに富んだやり取りをストックすることで、硬直しがちな集団との関係を溶かすことができました。同時にそれは、自分自身の怯《おび》えがちな気持ちも溶かします。「英語は話せる？」と聞かれて、「I hope so（話せたらいいですよねえ）」と答えることは、その一例なのです。

こういう英語の話をすると、「それは、〝サバイバル・イングリッシュ〟ですね。それでは英語の力は伸びませんよ」と、英語の達人から言われるのですが、まさに、僕は、〝生き延びる英語〟の話をしているのです。英語の勉強は、あとで、ゆっくり辞書引いて、CDを聞きなおせばいいのです。

僕は、生まれて初めて〝マイノリティーであること〟を強烈に自覚しました。

ぶさいく村に生まれたと、エッセーに書いていますが、それは、コンプレックスになっても、〝マイノリティー感覚〟とは違っていました。たぶん、あちこちに〝ぶさいく村〟出身者が多かったからでしょう。

が、英語に苦しんだ時には、本当に強烈な〝マイノリティー感覚〟を持ちました。が、その時に〝マイノリティー感覚〟を経験したことは、じつによかったと思ってます。

〝どもり〟の問題を、僕が少しは理解というか共感できたのは、イギリスに行って、言葉の問題に関して強烈な〝マイノリティー感覚〟を経験したからだと思っています。もし、イギリスに行く経験をしていなければ、〝吃音の人達へのワークショップ〟をお引き受けすることはなかったかもしれません。または、ワークショップをうまく運べなかったかもしれません。

マイノリティーであることはなかなかに複雑なことで、一人、クラスでいつも話しかけてくる男性がいました。

彼は、イギリスの中流階級の出身で（イギリスは階級社会ですから）、東洋から来た〈下等な〉男に、あきらかに〝慈悲《じひ》〟の心で接していました。この〝慈悲〟の心というのは、敏感に感じるもので、「あ、こいつ、一段高い所から、憐《あわ》れんで俺を見てるな」と分かるのです。

通常、それを〝差別〟というのですが、彼本人としては、まったくの〝慈悲〟だと思い込んでいると僕は判断しました。

だって、彼は、本当に心配した笑顔を僕に向けてくるわけで、英語がうまく喋《しゃべ》れないで落ち込んだ授業の後の休み時間なんかに、「ショウ、大丈夫かい？」と微笑むのです。

で、ここからが複雑なんですが、僕としては、少しでも英語のレッスンをしたいわけです。レッスンというのは、つまり、喋る場数なわけです。いっぱい喋って、失敗して、また喋っていく中でしか上達の道はないと思っているわけです。

なおかつ、淋しかったりするのです。失敗して、自己嫌悪なんかを感じている時に、笑顔で「ショウ、大丈夫か？」と話しかけられると、やっぱり、ほっとして嬉《うれ》しいのです。

嬉しいのですが、話すとすぐに、「あ、こいつ、一段高い所から、俺を見下ろして心配しているな」と感じるのです。

簡単に言えば、ムッとするのですが、同時にやっぱり嬉しいのです。で、差別にムッとするのですが、同時にやっぱり嬉しいのです。

簡単に言えば、「バカにされてるのは腹がたつ。でも、話しかけてくれるから嬉しい」。そして、さらに、「バカにされながら、話しかけられて嬉しいと感じる自分に腹がたつ。腹がたつけど、話しかけられるから嬉しい」という、これまたなかなかに複雑な心境になるのです。

まるで、「自意識を持て余している自分は恥ずかしい」という自意識を持て余している自分は恥ずかしい――という自意識を持て余して恥ずかしがっているようなケースです。

僕はこんな感情を生まれて初めて経験しました。

たぶん、名前ではなく、「おじいちゃん」とだけ話しかけられるお年寄りとか、街で、「大丈夫?」と幼児扱いされて話しかけられる目の不自由な人は、同じ感覚を持つんじゃないかと思いました。

この男は、クラスの黒人や労働者階級出身の人間達にも、同じような態度で接して反発されていましたが、反発の理由は、理解できないようでした。

そして、言葉に苦しめられている僕に、同じ目線で心配してくれたのは、この黒人や労働者階級のクラスメイトでした。

それと、英語以外の言葉を勉強して、苦しんだ経験があるクラスメイトでした。

自分の感情と言葉との間に距離があるんだねと、言葉で苦労した経験がある人は分かってくれました。

それは、一番は、イギリスに来ているスペインやイタリアのヨーロッパ人、次に、香港で育ったイギリス人でした。中国語と英語のバイリンガルだったその生徒は、僕の苦悩を、「分かるよ」と言ってくれました。

いきなり、話は飛ぶのですが、僕は、もし、「教育にとって一番大切なことは何か?」と聞かれたら、「バランスよくマイノリティー感覚を経験すること」だと思っています。

もっと恥ずかしい言い方だと「人間を最も成長させることは何か?」という質問でもいいです。

バランスよくマイノリティー感覚を経験すること。

バランスよくというのは、マイノリティー感覚を感じる時期と、反対のマジョリティー感覚を感じる時期の両方を、ちゃんと持つということです。

それが、「教育」や「成長」に一番欠かせないことだと僕は思っているのです。

日本に戻って僕は、マイノリティー感覚からマジョリティー感覚に移りました。帰国してしばらく、「日本語でいい」ということに、嬉しくて泣きそうになりました。日本語を操ることに快感を感じたのです。が、また、明日、イギリスに行って、イギリス人の俳優と英語で議論し始めたら、あの懐かしいマイノリティー感覚は蘇るのです。

多分、昔の子供達をとりまいていたシステムはそうだったと思います。

算数の時間にマイノリティー感覚を感じた子供は、体育の時間にマジョリティー感覚を感じたり、学校ではずっとマイノリティーな奴は、放課後の原っぱではマジョリティーだったりと、ちゃんとバランスよくマイノリティー感覚を経験できたんだと思います。

バランスよくマイノリティー感覚を経験した人間は、優しくなると思います。ちゃんとした大人に成熟すると思うのです。が、マイノリティー感覚だけをずっと感じている人は、暗黒面の強い、やっかいな大人になるのです。

もちろん、ずっとマジョリティー感覚だけで育った奴もやっかいです。そんな奴と一緒に仕事はしたくないもんです。

〝どもり〟の人を前にして、僕は、昔、僕のワークショップに参加してくれた〝筋ジストロフィー症の女性の話〟をしました。譬《たと》えは、暴力的で強引ですが、彼女と比べれば、どもりながらワークショップに参加することは、マジョリティー感覚なのです。

（２００２年11月）

言葉はいつも思いに足りない

僕が大学生の頃、山手線の電車の中で、近くにいた中年のカップルの会話が聞こえてきました。

「ねぇ、私のこと、愛してる?」

と女性が言うと、中年のサラリーマンの人は、

「ああ、愛してるよ。……いや、『愛してる』っていう言葉じゃないな。『好き』……いいや、これも違うな。……『ほれてる』……うん、近いけど、これも違うな。……『やりたい』……そういう部分もあるけど、全部じゃないな」

と、自問自答を始めたのです。

見れば、中年のサラリーマンは、ふざけているのではなく、今、自分の抱えている感情に、できるだけ〝正確に〟言葉を当てはめようと一所懸命のようでした。

自問自答はまだ続いて、「……『抱きたい』……うん、これも間違ってないけど充分じゃないし……『好きや』……うん、近いけど……『一緒にいたい』……そうなんだけど

……『抱きしめたい』……うん、そうなんだけど……『そばにいてくれ』……『いとしい』……ううん、違うなあ」

と、終わりそうにありませんでした。

女性は、微笑みながら、ふうふう言ってる男性を見ていました。

いったい、どういう言葉にたどり着くんだろうと思っていたら、駅に着いて、二人は降りてしまいました。

「言葉はいつも思いに足りない」

という有名な言葉があって、なんのことはない僕の言葉なんですが、人は恋をすると、初めて、自分の感情と言葉との距離を自覚するのです。

それは、初めて自分の感情をじっくり見つめる、ということかもしれません。

そして、じっくり見つめた自分の感情を、ちゃんと正確に相手に伝えたいと熱望するということでしょう。

すると、どんなに言っても言っても、自分の感情を正確に表してないというもどかしさを感じるのです。

心の中にある溢《あふ》れる思いに対して、言葉はなんともどかしく、不便なのかということを

（多くの人は）真剣に恋をすることで初めて知って、衝撃を受けるのです。

でもまあ、恋愛でこういうことを知るのは、とても幸福なケースで、仕事なんかで、言ってても言ってても自分の意図が伝わらず誤解されてしまう時は、「自分の感情やイメージと自分の言葉との距離」ではなくて、「相手の鈍感さ」に原因を求めてしまう傾向があって、なかなか、本質的な「言葉の距離」を自覚することはないのです。

恋愛だと「どうしてちゃんと伝わらないんだ」と悲しくなって〝言葉の距離〟に思い至りますが、仕事だと「どうしてちゃんと伝わらないんだ。やっぱ、あいつはバカなんだああ！」と〝上司との距離〟になってしまう傾向があるのです。

と、いうようなことを考えると、「どもっている人だけが、自分の感情と言葉の距離を感じる」というのは、ちょっと違うんじゃないかと思えてくるのです。

そして、どもるがゆえに、時々、発せられる言葉にドキッとさせられるのは、この「言葉との距離」を自覚しているからじゃないかとも思うのです。

「だ、だ、だ、だ、だ」とどもり、そして、「だ、だめだよ！」と全身の体重と熱を言葉に乗せたような言い方で言葉を発し、しかし同時に、その言葉に対して「私はこの言葉以上のことを言いたいんだ。でも、うまく言えないから、この言葉にたっぷりの感情とイメージを込めるんだ」という〝体温〟を感じる時に、僕はその言葉にドキッとします。

そういう瞬間が、夜、吃音のワークショップに参加した人達と、ビール飲み飲み話していて何度もありました。

それは、〝どうでもいい話でとりあえず人間関係をつないでいる〟時間には、体験しない言葉の衝撃でした。

そして、ここでもまた英語との共通点になるのですが、海外の英語学校に留学した日本人の、特に女性の多くは、英語学校の休み時間に、〝どうでもいい話でとりあえず人間関係をつないでいる〟という日本では当たり前だった時間の逃げ方ができなくて愕然《がくぜん》とするのです。

感じる前にオートマチックに言葉が出て、とりあえず空間を埋める、ということをこなすためには、英語がオートマチックに出ないと不可能です。

が、それはかなりの英語の水準でとても難しく、結果、日本人女性の多くは、〝どうでもいい話でとりあえず人間関係をつな゙げない゙〟という瞬間に初めて出くわします。

これは衝撃の体験で、つまりは、人間関係の生の形に出会うわけで、多くの英語学校の日本人は休み時間の間、ただ黙って微笑んでいるか（男性は一人で黙々とタバコをふかします）、誰にも会わないように逃げているか（これは男女共通です）、〃どうでもいい話〃をするために日本人を探すか（女性が多いです）の道を選んでいるのです。

そして、そういう生活がしばらく続くと、だんだんと、〃これだけは言いたい〃というモノが出てくるのです。

このことだけは休み時間に話したい、と思うようになった時、「いったい、自分は今まで、言葉とどう付き合ってきたんだろう？」と思うようになり、そして、自分がいかに、〃どうでもいい話でとりあえず人間関係をつないでいたか〃を知って、また、愕然とするのです。

うまく言葉が言えない経験をして初めて、距離を自覚しない言葉を、だらだらと並べていたんだなあと気付くのです。

こんないろんなことを気付かせてくれたのは、伊藤伸二さんのおっしゃる「どもる力」だったんだと僕は思います。

（２００２年11月）

理解できないけどやってみるということ

若手の俳優だけを集めて「虚構の劇団」という集団を2007年から始めて、5年半ぐらいたちました。

ここらで、僕以外の演出家さんに俳優たちを託すのも悪くはないんじゃないかと思って、虚構の劇団番外公演「虚構の旅団vol.1」と名付けて、演出家で女優の木野花《きのはな》さんに作・演出をお願いしました。

公演は、無事に終わったのですが、俳優達には嵐のような経験になったようです。

「第三舞台」の時も、木野さんに俳優を全面的に託したことがありました。

木野さんの口癖は「命かけてね」だったりするのですが、女優の長野里美《ながのさとみ》が、「命かけて」稽古場で登場するシーンで、スピードを出しすぎて止まれず、稽古場の柱に激突して前歯を折ったことがありました。

その時、長野は内心、「前歯、折れたみたいです」とすがるような顔で演出席に座る木野さんを見たのですが、前歯のないその顔があまりに面白かったらしく、木野さんは爆笑したそうです。その笑顔を見ながら、俳優達は、「ああ、この人は、結果を出さないと認めてくれないんだ」と心底、納得したそうです。

今回も、役者達に「自分で自分のこと、上手いと思っているでしょう。でも、あんたの引き出しの中にあるのは全部腐ってるよ」とか「強気を外に向けるんじゃなくて、自分自身にその強気を向けなさいよ」とか、木野語録が炸裂したようです。

俳優達と接していて、「ああ、この人は伸びるぞ」と感じるのは、「とりあえず、分からないけどやってみよう」ということができる人の場合が多いです。

よく「あのダメ出しは分かるけど、これは分からないんだよなあ。だから、納得できるダメ出しだけやってるんです」という人がいます。

その気持ちはよく分かります。

けれど、「ダメ出しが理解できる」ということは、その人の現在の理解力に合っているということです。

そして「理解できないダメ出し」というのは、その人の現在の理解力を超えたダメ出し、ということになります。

演技というのは、機械のマニュアルを順番に理解していく、なんてこととは違います。一番近いのは、武道とかの修行系のものだと思っているのですが、スポーツにも近いです。

こういう種類のものは「自分の理解できることだけ」をやっていては、根本的に成長することはできません。「何でか分からないけど、素振りを1日500回やれと言われた」とか、「よくメカニズムは分からないんだけど、重心を下げろと言われた」という、自分に（その時点では）理解できないことを強引にやらされることで、劇的に成長することがあるのです。というか、そういう過程が絶対に必要なのです。

一度、エッセーに書きましたが、僕がイギリスの演劇学校に留学している時、体育の授業の最初に、先生が「足を肩幅に開いて」と言った途端「どうしてですか？」と質問した生徒がいました。すべてを論理的に説明することが当然のイギリス人でも、さすがにこの瞬間はムッとして、「とにかく、開くの」とその先生は声を荒らげました。質問した生徒は、「なんという暴力的な教師だ」という不満顔でした。

メリットとデメリットの両方があるのですが、東洋文化は、そういう時、「とりあえず、やろうぜ」と教えます。それがうまく働くと、論理を超えたジャンプが可能で、想像もできないレベルの仕事ができるのです。悪く働くと、「師匠が言うからよく分かんないけど人を殺しました」なんてことになります。

なので、じつに危険で微妙なのですが、でも、やっぱり、自分が変わるためには、自分が理解できることだけをしていてはダメなのです。

じつは、武道やスポーツだけではなく、音楽も絵も、そして学問も「今の時点では自分にはよく分からないんだけど、とりあえず必死でやってみる」というプロセスを経ないと成長はないと僕は思ってます。

もちろん、自分が変わることはとても怖いことなので、どーでもいいことはよく分からないままやっていても、自分自身の本質に関わることになると「どうしてですか？」「理解できません」とか言いたくなります。

最近、モデルとかダンサー出身の俳優さんが多くなってきました。モデルもダンサーも、じつは「徹底的に自分をコントロールする仕事」なので、俳優の「自分が想像もしなかった、突然現れた自分の感情や動きに思い切って身を任せる」という機能がうまく働いてない人を見ることが多くなってきたと思っているのです。

微妙に違う話ですが、本質は同じことだと思っています。


（2012年4月）

4　何者かになることは〝成功〟なのか

かつて僕も「主役」ができる俳優になりたかった

以前、僕は、「主役」は「わき役」より上ではなく、「主役」になることが勝ちで「わき役」になることが負けでもない、と書いたことがあります。

このことについて、どうしても書いておきたいことがあります。

僕は、自分のことを「ぶさいく村」出身だと思っています。

僕の顔を知っている人は、「何を今さら当たり前のことを言っているんだ」と思っているでしょうが、このことを認めるのに、こんな顔をしている僕でも、それなりに葛藤《かっとう》がありました。

今でも忘れられないエピソードがあります。

大学に入ってすぐの頃、僕は早稲田大学演劇研究会という所で、新人役者修行をしていました。それはハードで人使いの荒いサークルでしたから、帰るのは、いつも終電ぎりぎりでした。

アパートに風呂がなかったので、いつも、帰り道に風呂屋さんに駆け込んでいました。ある時、あんまり疲れていたので、風呂上がりに脱衣所でぼーっとしていると、隣に、かなりぶさいくな男が立っているのを感じました。ぶさいくな顔をしているなあと思いながら、ぼーっと見つめていて、はっと気がつくと、それは鏡に映っていた自分の顔でした。

この時の衝撃は忘れられません。

人は、普通、鏡を見る時に、いつもの自分の顔より、20％ほどいい顔になります。さあ、今から鏡を見るぞと、気合を入れて、顔全体を意識して鏡を見るので、顔が締まっていい顔になるのです。

逆に言うと、無防備なまま、鏡を見ることは、ほとんどないということです。

この時、僕はあんまり疲れていたので、無防備なまま、鏡を意識しないで自分の顔を見てしまったのです。

この時まで、僕は、まだ、俳優が第一志望でした。それも、「主役」ができる俳優になりたいと自分のことを思っていたのです。

このエピソードの後、徐々に、周りの俳優志望者達の顔やスタイルを客観的に見られるようになりました。

そして、出した結論が「おいらは、俳優の世界で、『主役』になることは無理だ」というものでした。

なら、「作家」や「演出家」の世界で、「主役」になってやろうじゃないか、と自分の野望をシフトしました。

その当時の僕は野望に溢《あふ》れていて、自分が、「わき役」というポジションで満足できないだろうと思っていました。

世間的に思われている「わき役」というポジションのことです。主役になれない人がしようがなくなる「わき役」。人気が落ちたり、ぶさいくだったり、年をとった人がする「わき役」というイメージです。

でも、今、僕は、「ぶさいく村」出身で、圧倒的に演技がうまい「わき役」を求めている自分を発見して、驚くのです。

「美男美女村」の「主役」候補は、次から次へと現れては消えていくのに、「ぶさいく村」出身の圧倒的にうまい「わき役」はなかなか現れないのです。

僕は、「作家」と「演出家」の世界で、「主役」になってやろうと思ってがむしゃらに頑張りました。

が、ある時、この世界で「主役」とはなんだろうと思ったのです。

この疑問は、僕には衝撃でした。「主役」になるぞと思って頑張ってきたのに、自分で「主役」とは何かを明確にしていなかったのです。

この時、時代はまさにバブルの絶頂で経済的成功こそが「主役」の時代でした。マスコミ的には、「一番観客動員の多い劇団の演出家」が「主役」だと言われました。

が、僕には、どうもその定義が納得いきませんでした。

第三舞台が5万人を動員している時に、広告代理店が仕掛けたイベントが何十万人も動員している。マスコミ的な分類では、何十万人のイベントが「主役」で、第三舞台が「わき役」になる。

その定義で「わき役」になるのなら、僕はそれでいいと思いました。僕はその時、5万人の動員も多すぎると思っていました。公演期間が長くなって、俳優やスタッフは疲弊《ひへい》して、もっと数を減らしたいと思っていたのです。

僕はずっと考えて、「興行的成功と芸術的成功の二つを両立させた人」が「主役」だと定義しました。が、この定義には、マスコミが求める分かりやすさがありません。クレジットの一番に出てくる俳優が「主役」だというマスコミ的な分かりやすさがないのです。

だから、僕は僕のイメージで「主役」を定義しただけなのです。

マスコミは、3万人の観客動員を「興行的成功」とは言わないかもしれません。マスコミ的には、「わき役」でしょう。それでも、僕の中では「主役」の条件を満たしていると思うようになったのです。

「今ある自分」と「ありたい自分」のギャップが人を苦しめると言います。

「ぶさいく村」に生まれた「今ある自分」と「美男美女村」出身で「ありたい自分」とのギャップです。

「ありたい自分」が立派すぎると、人は「今ある自分」を否定して、自己嫌悪になり、ひどい場合は壊れると言います。

「今ある自分」と「ありたい自分」のギャップを埋めていくことが、成長することだとも言われます。

が、僕は今は、「今ある自分」と「ありたい自分」を明確にすることの方が重要なんじゃないかと思っています。特に、「ありたい自分」が明確でないと、妄想はどこまでも膨らみます。

俳優が第一志望だったあの頃、僕は、「主役」という言葉にだけ振り回されて、何も分かってなかったのです。マスコミ的な分かりやすさに洗脳されて、「わき役」を劣ったものと思っていたのです。

（1998年1月）

オーディションの審査で思うこと

僕はもう、15年近く、毎年、オーディションの審査員をしています。

長い時間です。

ですが、僕がエッセーで、オーディションのことを書くのはこれが初めてです。

僕自身、以前、『影武者』（黒澤明監督）のオーディションに応募して、三次まで行って落とされたことがあります。

ですから、自分自身、応募者の緊張も焦りも戸惑いも分かるつもりでいます。

だから、軽はずみに、オーディションのことは書くまいと思っていたのです。

誰かを選ぶということは、誰かを落とすということです。すべての人を選ぶことはできない以上、オーディションとは、落とす人間を選ぶシステムなのです。

その人達に申し訳ないとずっと思って、僕はオーディションのことを書かないできました。

が、最近になって、僕は別のことを考えるようになりました。

僕が、「申し訳ない」と思うこと自体、不遜《ふそん》なんじゃないかと思うようになったのです。

僕が選ばなくても、力のある人は、どこかで、必ず、選ばれるんじゃないか、今回、落としても、俳優の道を歩き続けている人とは、どこかで再び、必ず出会うんじゃないか、そう思うようになったのです。

実名を挙げるわけにはいきませんが、第三舞台・サードステージのオーディションを受けて、落とされて、そして、今現在、俳優として活躍している方が何人もいらっしゃるのです。15年近くやっているのですから、そういうことは、割とあります。

そういう事実を見ていくうちに、僕が「申し訳ない」と思い過ぎることは（もちろん、そう思っているのですが、過剰に思うことは）かえって、相手に失礼なんじゃないかと思うようになったのです。

実際、もし、故黒澤明監督が僕の枕元に立って、「『影武者』のオーディションに落として、申し訳なかった。サングラスを取って、お詫《わ》びする」とおっしゃったとしたら、かえって、僕は困ると思うのです。

落とされたからこそ、僕は、俳優の道をあきらめ、劇作・演出の道へ進む決心がついたのです。もし、あの時、中途半端に受かっていたら、今頃、下北沢あたりで、仕事がないまま、「役者ってのはよお、そんなもんじゃないんだよ」とわめいていたかもしれません。

それともうひとつ、日本では、「オーディションに落ちる」ことは人格の否定のように取られている所があります。

欧米では、かなり名の知れた俳優でも、平気でオーディションを受けます。日本で言えば、TVドラマの主役をやっている人達クラスです。

で、何をするかというと、もちろん、セリフを読む場合もあるのですが、それより、この「役」をどう思うかということを、監督や演出家、プロデューサーと話すのです。

演出家は、こういう解釈とイメージでこの「役」をやろうとする。で、俳優は、それなら私はできない、私はできると議論するのです。

その結果、選ばれたり、落とされたりしますから、それは、人格の否定ではないのです。「役のイメージにあわなかった」という言葉、そのままなのです。

日本みたいに、そこそこ売れると「もうオーディションをするのは、失礼だ。声をかける以上、お願いするに決まっている」という、人格と演技技術をごっちゃにしたような考えはないのです。

こうすると、現場での混乱がずっと減ります。そんなつもりじゃなかったと、監督と俳優がぶつかることがないのです。

なんだか、日本システムと欧米システムの違いです。最初に契約をさんざん詰めて、仕事をスタートする欧米型と、まあ、とりあえずやってみましょうか、ギャラとか細かい話は、またあとで、という日本型です。で、どっちが優れていると簡単には言い切れない時代になっているので、これがまた、困るのです。

が、とにかく、「オーディションに落ちることは、人格の否定ではない」ということだけは事実です。

それは、「出世競争や入試競争からおりること、大企業をやめることは、人生の敗北ではない」ということと同じことを意味します。日本でも、ようやく、本音の言葉として定着しつつあるような気がします。ほんのちょっと前までは、「無理に出世しなくていい。無理にいい大学に入らなくていい」と人は言いながら、心の中では、「でも、負けたのよね」と思っていたはずです。

年功序列と終身雇用が崩壊した日本で、アメリカ社会並みの競争を〝勝ち抜く〟人と、〝おりる〟人がいて、どっちが上でも下でもない、という「そいつは自分が決めることさ。世間が決めることじゃないさ」という価値観がようやく力を得つつあると思っています。

で、実際、僕は、「とても素敵な俳優なんだけど、今現在、私達が必要としているキャラクターではない」という理由で落としてしまうことがよくあります。

そういう時、僕は「きっとまた、どこかで会える」と思うようになりました。

その時、僕は、その俳優さんとちゃんと仕事ができる魅力的な演出家・作家でいようと思うのです。

最後に、オーディションの一般的傾向を書いておきます。

身長が180センチ以上ある男性の写真は、その8割が自己陶酔しています。顔に「俺はかっこいい」と書いています。逆に、「おっ、こいつはいい顔をしている（ハンサムというより人間的に面白そうだ）」という男性は8割が、身長170センチ以下です。

オーディションをしていて、一番、切なくなるのは、「演技経験のない、30代の女性が、仕事を休んで」受けに来て下さる時です。

この場合、「俳優の道に進みたかったのですが、ずっと親に反対されていて、でもやっと、オーディションを受ける決心がつきました」と、話す人が多いです。

僕は、そういう発言を聞くと、一方的に、親の責任とはなんなんだあ！　と憤慨《ふんがい》し、切なくなるのです。

たぶん、親は、子供が20代前半の時、女優なんていうヤクザ（?!）な道に進むことを絶対に許さず、まっとうな就職、まっとうな結婚を求め続けたのでしょう。

そして、子供が、親の呪縛《じゅばく》から解き放たれ、自分の好きなことを本当にできるようになったのが、30歳を越してだったんじゃないかと、思うのです。

これは、もちろん、僕の勝手な想像ですが、勝手な想像に切なくなるのです。

ぶっちゃけて言えば、舞台の演技は、映像の演技より難しいです。

映像では、ズブの素人が、いきなりヒロインなんかでデビューできます。監督さんやディレクターさんに実力があれば、演技力のなさはぎりぎりカバーされて、ドラマは成立します。

んが、舞台は、絶対にそうはいきません。舞台では、ヘタは一発でバレます。最初のセリフ一言で、「あ、この人、見てられない」と分かるのです。

こういう時、映像だと、セリフを言わせる代わりに、顔のアップ、さらには、グラスの氷がカタッと音をたててテーマミュージック、スタートッ！　てなことで、感動さえしたりするのですが、舞台は、すべて人間で表現するので、無理なのです。なので、舞台でちゃんと演技ができるようになるまで、最低、3年はかかると僕は思っています。3年でなんとかなれば、かなりいい方です。5年は、普通にかかると思っています。

で、オーディションで、30代の演技経験のない人を前に、僕は、別な意味で切なくなるのです。

この人は、同じ30代の、今まで、ずっと演技を続けてきた人と、同じ土俵で戦わなければならない。オーディションには、30代の演技経験が多い人も、たくさん受けに来て下さるのです。この戦いは、はたして、勝利するのだろうか、と切なくなるのです。

そして、もうひとつ切なくなる理由があります。戦いは不利であろうとも、この人は、オーディションを受けに来てくれた。それは、本人の中では、大変なプレッシャーと緊張の中での挑戦だったはずです。

「俳優になりたい」と思っている人が、何もせず、ただ思い続けていることと、「オーディションを受ける」ことは、まったく違います。結果的に、俳優の道に進めなかったとしても、「何もしなかった」人と「オーディションを受けた」人では、自分自身の認め方が違うと思うのです。

30代の人が、初めてオーディションを受けたことで、自分自身の努力を認めて充足感を持って欲しいと僕は願います。間違っても、20代、私は何をしていたんだろうと自分を責める方向にはいって欲しくない、そうなったらそれは切なすぎると僕は思うのです。

じつは、同じことが、20代後半のモデルさん、キャンペーン・ガールさんにも当てはまります。

僕は、何年も前から、20歳前半の数年、モデルやキャンペーン・ガールとしてちやほやされている人に、25歳過ぎたら潮が引くように仕事はなくなっていくんだから、「お願いだから、20歳から、演技レッスンを受けてね」と言い続けて来ました。

が、〝ちやほや〟は、麻薬のようで、なかなか、耳をかしてくれません。

そして、20代後半になって、ようやく、真剣に、「演技力」の必要性を痛感するのです。僕は、そのたび、「ああ、5年前に来てくれたらっ!」と心の中で叫ぶのです。

こういう人が書く自己紹介の作文は、けっこう、心しみるいいものが多いです。5年前に、こういう作文を書いて、オーディションを受けていてくれたら、と僕は不可能を夢見て切なくなるのです。

さて、オーディションは、美男美女が受けるものだと思っている人も多いでしょうが、今、じつは、業界的に必要とされているのは、ちょっと違います。

これまた、ぶっちゃけて言えば、若くて美女美男っていう人は、毎年、星の数ほどデビューします。当たればでかいですが、なかなか当たりません。

じつは、可能性は、たくさんあります。

ひとつは、30代のそこそこきれいな女性で演技がちゃんとできる人です。

若くて演技力のないまま、美人であるというだけでデビューした人達は、ちやほやされながら、演技力がつかないまま、年を重ねていきます。そして、30歳を頂点にして、続々と、女優の道をあきらめていきます。ですから、この年代は、競争率が異様に低いのです。

若くて美男で演技力のある男性というジャンルも競争率は低いです。今は、男の方が向上心が低いらしく、演技力を向上させることによって、自分のナチュラルな（？）キャラクターだけの演技から出ようとする人は少ないのです。

そして、〝ぶっちゃいく〟なんだけど、演技力がちゃんとある女性は、年齢問わず、激しく求められています（そういうタイプは、女性の方が、男性より圧倒的に少ないのです）。

みんな、自分を〝ぶさいく村〟出身と認めたくないのです。成功したら、多くの人は、〝ぶさいく村〟を出て行こうとして失敗します。

僕は、オーディションで、「菅井《すがい》きんさんのような女優になりたいです」と言い放つ若い女性がいたら、感動すると思っています（菅井きんさん〈１９２６〜２０１８年〉は、名脇役として有名な女優さんで、若い頃から「ふけ役」をたくさん演じてきました。自伝エッセーのタイトルは、なんと『わき役ふけ役いびり役　女優一筋四十五年』（主婦と生活社）というものでした）。

（１９９８年３月）

〝俳優という夢〟を諦める年齢

若者達と「虚構の劇団」を旗揚げして、丸6年経ちました。6年も経つといろんなことがあるわけです。

一番、違うなあと思ったのは、「俳優を諦《あきら》める年齢」についてです。僕が20代の頃、先輩の俳優達は、だいたい、35歳ぐらいで俳優を諦めました。大学のサークルから俳優を続けてきたけれど、ずっとバイト生活で、とうとうプロになれなかった。もうダメだ。俳優を生涯の職業にするのはやめようと、腹を括《くく》るのは、だいたい35歳前後でした。35歳前後でいきなり社会復帰して、まともな就職があるのか、という問題はもちろんありましたが、俳優を続けていると、不定期のバイトしかできないわけで、ちゃんと就職して、正社員だろうが非正規だろうが、とにかく毎日、一年を通じて働ける職場を探そうと決心したのです。

その頃はまだまだ景気のいい時代で、未来の右肩上がり経済を信じることができましたから、35歳からでも、就職できるとみんな思っていました。

もちろん、大手や有名な企業とはいきませんでしたが、学習塾とか中小企業の営業職とかスーパーとか水商売とか、いろんな分野で先輩達は生涯の仕事を選びました。

僕の時代では、だいたい30歳前後で俳優を諦めました。30歳になることが、ひとつの区切りになっていたのです。

大学のサークルから俳優を続けて30歳になった（なる）。けれど、俳優としての収入はまったく増えない。もうダメだ。ここらへんで諦めよう。あの当時、僕の周辺では、そう決心して、30歳になる時に俳優をやめていく人達がたくさんいました。

そして、今、20代の若者達と劇団を創ってみると、彼ら彼女らは、「俳優の仕事に向いてない」とか「死に物狂いで俳優になりたいとは思えない」とか「俳優を続ける自信がない」とかの理由で、だいたい25歳を過ぎたぐらいで諦めるのです。

この早さは、じつに意外でした。本人達にしてみれば、20歳前後から俳優を続けているので、もう5年以上試行錯誤をしていることになります。5年やって売れないのなら、もう、可能性はないんじゃないかと結論を出すのでしょう。

テレビをつければ、10代の真ん中から20代前半のアイドルや俳優がガンガン出演していて、自分はもう25歳を越したということは、こんなに売れる可能性がなくなったと結論する、ということなのかもしれません。

僕が20代の時代は、まだまだ、20代後半でやっとデビューするとか、30代で売れる、なんて人がそれなりにいたような気がします。

それが、いつのまにか、10代の真ん中から後半、ぎりぎり、20代の前半までが、「新人の年齢」になりました。26歳で新人です、と簡単には名乗れなくなったのです。

そういう意味では、ドラマ『セカンドバージン』で注目を浴びた長谷川博己《ひろき》さんや、壇《だん》蜜《みつ》さんなど30代でのブレイクは多くの人の希望となるのですが、じつに少数派なのです。

将来における経済の右肩上がりが信じられなくなった現在、30歳まで、「売れない俳優」を続けるというのは、僕の20代の時とは比べ物にならないぐらい、不安なことなのかもしれない、とも思います。

だから、自分がまだ「売り物」になる間に、次の分野に進出すべきだと結論するのでしょう。それは正しい戦略だと思います。25歳を過ぎてやめていく若者を僕は責めません。

実際、俳優とか作家とか演出家なんてものは人気商売で「石にかじりついても続けるんだ」というエネルギーがなければプロにはなれないのです。

まずは、溢れるエネルギーや気力や命賭けの野望を持てるかどうかです。そして、やっかいなことに、賢さも同時に必要なのです。

エネルギーと賢さ。昔から求められているものは同じだと思います。ただ、その欠落に気づく時期が早くなったのでしょう。

（2013年9月）

熱中できるものを〝選ぶ〟難しさ

『キフシャム国の冒険』の東京公演が終わり、今週末は福岡公演です。今回は、ジャニーズ事務所のKis-My-Ft2の宮田俊哉《としや》君が出演しているのですが、これでもかというぐらいツイッターで、いろいろとツイートされました。

一言でいうと、猛烈なエネルギーに溢《あふ》れたツイートでした。『キフシャム国の冒険』という作品を徹底的に分析して、その言葉遊びやテーマや隠していることを語り尽くしていました。

彼のファンの多くは、ものすごいエネルギーに溢れているんだ、ということをツイッターという機能があらためて教えてくれました。

今日の舞台には有名人の誰が見に来たとか、今までの有名人観劇記録をまとめたとか、今日の宮田君のハプニングは何だとか、カーテンコールで何を話したとか、この名前の意味はこういうことだとか、さまざまな情報が逐一報告されます。

毎日、凄まじい量のツイートを見ているうちに、「ジャニーズのファンの人達は、他のファンよりエネルギーが強いんじゃないか」と思うようになりました。

自分をちゃんと熱中させてくれるものを選ぶことは、とても難しいものです。熱狂していたのに、相手の底が見えたり、相手が途中で投げ出したりしたら、それまでの時間と熱意を返してくれと思うでしょう。

深くのめり込んでも、期待に応え続けて、さまざまな顔を見せてくれるものだけが、心底熱中することができるのです。

そういう意味では、現代演劇に熱中するぐらいなら、歌舞伎にのめり込んだ方が、底が見えない可能性が高いです（と、自分で書くのも悔しいですが、年配の人の多くが急に歌舞伎好きになるのは、自分の人生を賭けられるぐらいの深いジャンルを求めるからだと思います）。

現代アートに熱中するぐらいなら、アニメ全体に興味を持つ方が、終わりがないと言えるでしょう（なにせ、日々、膨大な量が生産されているのですから）。

同じ意味で、特定のアイドルに熱中するより、ジャニーズ事務所に傾倒する方が終わりがないのだと思います。いわゆるジャニヲタになっている限り、熱中する対象が途切れることがないのです。

逆に言えば、熱中する対象を途絶えさせないことが、事務所の使命となるのです。エネルギーに溢れたファンの人達の作品に対する分析は徹底的でした。

8ステージ目くらいには、「今日の宮田君は、最初から強すぎて、いきなり父を失った王子としての弱さと繊細さが不足していた」なんていう書き込みがありました。じつは一般的に、落ち着き、緊張が解け、感情が慣れてくるのがだいたい8ステージ目ぐらいなのです。

その日の宮田君の演技に、僕は同じ感覚を持ち、次の日にアドバイスしました。結果、すぐに、元の初々しい王子に戻りました。

「演出の感覚とまったく同じツイートが流れていたよ」とプロデューサーに言うと「それはつまり、見巧者《みごうしゃ》ってことじゃないですか！」と叫びました。その通りだと思います。じつに芝居を見る目を持つファンが多いのです。

それは、ジャニーズ事務所が、一番、舞台に俳優やタレントを出演させている芸能事務所であるということと、同じ芝居を何度も見るファンが多い、という理由でしょう。『キフシャム国の冒険』東京全28ステージ中、10ステージ、20ステージ見る人が一定数いました。毎日、芝居を見ていれば、鑑賞眼も磨かれるというものです。

つぶやきの内容も「この仕事が終わったらキフシャム国に行ける」とか「来週、キフシャム。来週までは生きていける」とかの、心の深い支えとして受け止めているものが多くありました。

芸能の使命とはこういうことなのかと、僕はそのツイートを見ながら唸《うな》っていました。退屈な仕事、単調な日常、のっぺりとした人生。その中で、宮田君の芝居を見に行くことが、本当の生きる意味と活力と希望になっているんだという事実を教えてくれたのです。

毎日、膨大に流れる『キフシャム国の冒険』に関するツイートを見ながら、そんなことを思いました。

（2013年6月）

「豆腐リプ」と何者か

「まくるめ」さんという人の有名なツイートに、「インターネット上で『豆腐は白い』って書くと、『白くない豆腐もあります』『白い豆腐が食べられない人もいるんですよ！』『私の豆腐は白くありませんが』『厳密にいうと薄いベージュです』『豆腐は黒くあるべきです』『豆腐信者乙』『豆腐主義者め』『豆腐とはお前自身だ』などのリプ（返信）がきます」という、じつに秀逸なものがあります。これは、インターネットの本質を的確に表現しています。

これはつまり、「私も言うことがある」ということです。もっと言えば、「私は言うことがある存在である」という主張です。

この前、ラジオのゲストでジョン・カビラさんの番組に出てきました。いろいろ話している時にカビラさんは「どうしてみんな何者かになりたがるんでしょうか」とつぶやきました。カビラさんが言いたいことはよく分かります。僕も思わず、うなずきました。

けれど、すでにラジオ番組を持っている、つまり「何者かである」カビラさんがこの発言をしても、説得力はありません。そして、自分で言うと誤解されそうですが、自分の考えをエッセーという形で本にできる僕のような人間が「本当にそうですよね。何者になんかならなくていいのに」と言ってもまた、説得力はないのです。「何者か」になりたくて焦っている人から見たら、「お前になんか、そんなこと言われたくない」となるのです。

自分自身が納得する「何者か」になることは、難しいことです。何者でもない自分を認め、愛することはなかなかできません。

『黒子のバスケ』の脅迫犯（２０１２年から１年にわたり漫画『黒子のバスケ』（集英社）の著者藤巻忠俊氏や関係先が脅迫された事件、容疑者は翌年12月に逮捕）が典型ですが、最近、捕まった時に笑顔を見せる犯罪者が増えてきたような気がします。それは、捕まった瞬間「自分が何者かになった」と思えたからじゃないかと感じます。何者でもなかった自分が、世間から注目され、スポットライトを浴びる存在になった、それが嬉しいのじゃないのかと思えるのです。

犯罪ではなく、けれど、激しい努力や業績とも無関係に「何者か」になろうとしたら、「何か言うべきことがある人物」になることだろうと思います。「何を言うか」ではなく、

「何か言っている」ということが「何者か」になった証拠なのです。

それが「豆腐は白い」という言葉に対するリプを書くことなんじゃないかと思います。「豆腐は白い」に関するツイートが秀逸なのは、どんな発言も、深い思考を必要としないで「何か」言える、ということを例証したことです。ある社会問題に関して、本人は、「何者か」になったような気持ちで発言していますが、「つまりは豆腐リプと同じことなんだろ」と明快に説明したのです。

と書きながら、インターネットは、僕達みんなの自意識を刺激します。自分の発言に対しての反応は、リツイートもコメントもお気に入りも、すべて「数字」で本人に突きつけられます。一昔前、自分が嫌われているのか好かれているのか、漠然とした誤解と自惚《うぬぼ》れの中で、わいわいと騒いでいた時代と比べると、原始時代と近代ぐらいの違いがあります。つまりは、毎日、「お前は『何者』なのか?」と突きつけられている時代なのです。

この時代に「無理して『何者か』にならなくてもいいじゃないか」という言葉に説得力はないでしょう。

実力で「何者か」の最初の階段を上った人はまだいいのです。昇進してある地位についたり、手に職のある仕事についたりした人は、まず「何者か」になります。もちろん、それで安泰《あんたい》ではありません。その世界で、どれぐらいの「何者なのか」という競争と焦りが待っています。売れっ子の美容師になっても、若い管理職になっても、実力ある板前になっても、ネットはさらに「お前はどれぐらいの『何者』なんだ？　お前の世界にはこれぐらいの人達がいるぞ。お前はこれぐらいだぞ」と突きつけてきます。

問題は、社会的にも人間関係的にもまったく「何者か」になれないまま、時代だけが過ぎていく場合です。

この時、手っとり早く「何者か」になろうとしたら、ネットで「豆腐リプ」するしかないのです。それは、「何者か」になったという「幻覚」を与えてくれるのです。

（２０１４年12月）

現実の人生と夢想した人生の折り合いの付け方

『アンヴィル！～夢を諦《あきら》めきれない男たち～』は、本当に感動的な映画でした。テレビでこの映画のCMを目にするたびに、なんだか観たいなあと思っていたのです。んが、いよいよ自分の映画『恋愛戯曲』のクランクインで、とても映画館に行く暇がなかったのです。

そんな折り、配給会社のアップリンクさんがDVDを送ってくれました。映画は映画館で観るものですが、切羽詰まっている時は本当にありがたいことです。

それに、映画館だとちょっとまずかったかもしれません。あたしゃ、ラストシーンで号泣しましたからね。自分の家で観たので、心置きなく声を出せました。映画館だと、必死になって声を抑えようとしたかもしれません。溢れる涙を抑えるのは、なかなかに生理的に苦しいことなのです。

映画は、30年間、スターになる夢を諦めてないヘビメタバンドのドキュメントです。

なんの偶然か因果か、映画は、日本のコンサート、『スーパー・ロック'84 イン・ジャパン』の映像から始まります。そのコンサートには、スコーピオンズやホワイトスネイクやボン・ジョヴィが出演していて、アルバムが全世界で何百万枚も売れるようになったとナレーションは語り、こう続けます。

「ただひとつのバンド『アンヴィル』を除いては」

続いて映画は、そうそうたる有名ロッカーたちが登場し、『アンヴィル』へのリスペクトを語ります。彼らの音楽があの時代、どれほど早かったか、どれだけ影響を与えたか。そして、同時に「どうして売れなかったのかわからない」と続けるのです。

次に画面に映るのは、『アンヴィル』のボーカルでありリードギターのリップスが、生活のために早朝、給食配達のために出勤する風景です。

「俺は運転手だ。クソみたいな人生だけど、アンヴィルが俺に幸せをもたらしてくれる。アンヴィルとして収入は得られないが、喜びを得られるから生きていける。〝今よりひどくなることはない〟それが俺の考え方さ。上向かないなら、それも運命だ」

雪のトロントで、子供達の給食を運ぶ映像に、リップスのインタビューが重なります。それは、ロッカーのイメージから一番遠い姿でしょう。

リップスの50歳の誕生日パーティーが映ります。家族や関係者、それにファン、全部で数十人が集まったライブハウスでそれはおこなわれます。

30年やっているバンドなので、数少ないファンもみんな50歳前後です。ただし、大人になりきれないダメダメ君が集まった、という感じです。

もう一人、ドラムのロブは、失業して無職の状態です。

二人は、お互いが15歳の時から一緒に演奏しています。長い関係です。

『アンヴィル』は、奇跡的にヨーロッパツアーが決まります。リップスは、これが、またレコード会社の目に留まるきっかけになるかもしれないと期待します。

が、意気揚々と出発したツアーは悲惨なものでした。１万人収容の会場で１００人ちょっとの観客だったり、演奏のギャラをもらえなかったり、移動の電車にチケットがなくて乗れなかったり。

失意の中、彼らは、またカナダの日常に帰ります。

それでも、彼らは、「ロックスターになるんだ！」と叫ぶのです。

絶対に有名になると決めて頑張ったのに、有名になれない。と言って、その夢を諦めることができない。

だから、続ける。気が付いたら30年が経っていた。腹も出てくるし、頬《ほお》は垂《た》れる。髪の毛は抜ける。けれど、夢を追い続ける。

非常によくできたドキュメント映画で、リップスやロブの妻や兄弟姉妹、母親、子供まで出てきます。そして、それぞれが「夢を応援する」とか「全部が終わってるんだから、夢を諦《あきら》めた方がいい」とかカメラの前で言うのです。

現代に生きるなら、メタボ化した自意識とどう付き合うか、というのは、極めて重要なテーマです。

バンドを始めた全員がヒットメーカーになることはできません。けれど、マスコミが提供する映画やTV、マンガや小説の物語は、主人公は必ず売れて成功します。逆に言えば、そういう物語でなければ、受け入れられることはありません。主人公が最終的に失敗する映画なんて、誰も観には行きません。なんらかの意味で、主人公は勝利するのです。けれど、実際の人生では、物語が提供してくれるような勝利感を味わえる人は、本当に少数派です。

受け入れられる物語は、この何百年かの時間で見れば、ますます、「成功する話」になっているだろうと、僕は思っています。別の言い方をすれば、物語を創り・売る人達が、数の論理にはっきりと目覚め、多くの観客や読者やリスナーと出会うためには、「成功する話」が一番確実なんだと腹を括《くく》ったと考えているのです。数は影響力であり、それは力だと表現者は、はっきりと自覚しただろうということです。

現代人は、誰でも自分の肥大した自意識を持て余しています。メタボ化した自意識は、平凡であること、ただの人であること、敗北したままであること、を許さないのです。だって、ずっと与えられてきた物語の中には、そんな人生など存在しないのですから。

でも、物語の中の人生のように勝利できる人は、ほんの一部なのです。

現実の人生と、自分が夢想した人生とどう折り合いを付けるか。現代人は、毎日提供される「成功した人生の物語」の前で途方に暮れるのです。

あなたが自分の人生に絶望し、退屈し、嫌悪しているのなら、この映画を。

無残で美しく、多くの絶望と小さな希望が描かれたこの作品から、人生の真実と本当の生きる勇気を得る人は多いと思います。

（２００９年11月）

5　ときにはロマンも必要だ

「生きる」とミニスカート

スーパーファミコンソフト『G・O・D』の制作でひいひい言っている中、ビデオ『青空に一番近い場所』が、東宝ビデオから発売になりました。

はい、1億円かき集めて、撮影し、去年（1994年）公開された、僕の長編2本目の映画です。借金は、あと2000万円ほど残っています。親に借りた借金もまだ残っています。いけねえ、いけねえ、どうも話がしめっぽくなっちまった。しかしね、1億円のうち、8000万がなんとかなったのですから、これは優秀です。自分で言います。

最近は、不況の影響か、映画制作会社、演劇制作会社が、ぞくぞくとつぶれています。

こっちは、まだ、サードステージという僕が代表の事務所に所属している役者のギャラをもらってないのに、無断でつぶれていきます。困ったもんです。映画は、半分、バクチですから、映画制作会社がつぶれるのは分かりますが、演劇制作会社がつぶれるのは、困ったもんです。ま、ウチは、僕が馬車馬のように働いているので、つぶれる心配はありません。最近、馬車馬の気持ちがよく分かります。

とにかく、吉岡秀隆《よしおかひでたか》さん主演の『青空に一番近い場所』のビデオ（なんと、ＤＶＤになりました！）を、お近くのミュージック・ショップ（なんと、サードステージのホームページで通販してます）で買ってもらえると、借金がどんどん減って、ついでにお金が儲かると、劇団の借金で抵当に入っている僕のマンションもすっきりします。いけねえ、いけねえ、どうも話がしめっぽくなっちまった。ファミコンの仕事が、あまりにしんどくて、あまりにうまくいかないので、最近は疲れ切っています。

で、疲れ切っていると、なぜか、街のミニスカートが気になるのです。この文章は、一見、なんの関係もないように感じられるかもしれませんが、じつは、関係あるのです。

僕は、北海道の礼文島《れぶんとう》という島が大好きです。稚内《わっかない》の左横に、恥ずかしそうにある島です。

で、その礼文島の北の端に、スコトン岬というふざけた名前の岬があります。

で、その岬の先に、トド島という、これまたふざけた名前の島があります。

冬になると、トドが大量にやって来るというだけで、トド島という名前になったのです。スコトン岬の由来は知りません。昔、誰かが、足を滑らして、スコトンッと海へ落ちたのかもしれません。……すまん。疲れてるんだよ（あとで調べたら、アイヌ語のシコトントマリ〈大谷のある入り江〉から来ているという説が有力のようです）。

トド島は、無人島です。冬は、コンブ漁の基地になりますが、夏は、なんにもありません。30分ぐらいで島を一周できる、小さな島です。

無人灯台がひとつ、ぽつんと、草原の中に立っています。

夏、僕がいつも泊まるホテルでは、希望者が5人以上になると、漁船をチャーターして、トド島に渡ります。スコトン岬の近くの港から、20分ぐらいで着きます。

トド島は、無人島です。ですから、ウニやサザエがゴロゴロしています。が、トド島は禁漁区です。が、トド島は、無人島なのです。ウニやサザエがゴロゴロしています。が、トド島は禁漁区です。が、トド島は、無人島なのです。ウニやサザエがゴロゴロしています。が、トド島は……という訳の分からない事をぶつぶつ言いながら、トド島へ渡るのです。

数年前、トド島へ渡った不届き者が、ウニを食い荒らして、なおかつ、近づいてきた漁船に向かって、ウニを持ったまま、手を振るという事件が起こりました。とんでもない奴です。当然、漁協は大問題にしました。最近の若い奴は、どうしてこう、モラルがないのでしょう。

僕が大学生の時は、こんなことはありませんでした。海に沈んだウニさんを見て、「こんにちはウニさん。あなたが有名な礼文ウニですね。あなたがビン詰めになると、それは高いのよ。知ってた？」と手を伸ばしながら優しく話しかけたもんです。

大学時代、僕は深くあいまいに疲れて、トド島へ渡りました。あいまいとは、今とは違って、ただ、ぼんやりと人生に疲れていたということです。今は、はっきりと疲れる対象があります。が、若いときは、対象が明確でないからこそ、あいまいに、人生全体として疲れるのです。

北海道で死ぬのも悪くないなあと思いながら、トド島の浜辺に立っていました。

その時は、若者20人近くがトド島に渡っていて、15人近くが女性でした。

北海道の北の果てとはいえ、夏ですから、みんな泳ぐつもりで、水着を服の下に着ています。

さて、泳ぐかと振り返れば、トド島の何もない草原を背にして、15人近くの若い女性が、一斉に、ジーパンやスカートを脱ぎ始めていました。もちろん、下に水着は着ています。が、みんな、一斉に、ジーンズを、スカートを、Tシャツを脱いでいました。

その光景を見た瞬間、僕の腹の底から、「生きていくぞお！」というマグマがわき上がってきました。

なぜだか分かりません。しかし、僕の中にある、自分でも知らない「野性」に火がついたのです。

僕は、自分で自分の感情の爆発に驚いていました。自分にこんな感情があることが信じられなかったのです。

なに？　あなたはこのエピソードを笑うというのか⁉

ふんだっ。信じられる思想もイデオロギーも宗教も持たないまま、それでも、前向きに生きていこうという時、このマグマが生きる根拠になってなにがおかしい。

で、最近、とっても疲れているから、街のミニスカートが気になるのよ。まる。

（1995年3月）

使用済みナプキンに現実を知った日

それは、僕が筑波大学の学生宿舎に住んでいた時のことでした。筑波大学に通っていたのじゃないのね。私は、早稲田大学の学生でしたから。そうじゃなくて、半年ほど、筑波大学の中にある学生宿舎に住んでいたわけです。大学の敷地内の（筑波大学の敷地はメチャメチャ広いですから）いくつかの場所に、大学が管理している学生宿舎はありました。

僕は、「一ノ矢」という場所の5号棟に住んでいました。ちなみに、5号棟は、女子棟でした。僕は、ある女性の部屋に転がり込んでいたわけです。

大学が管理している宿舎なのに、んなことができるのかと言えば、できるのだあと胸を張って言えるのですが、つまり、なんのことはない、管理人さんもいないし、出入りは完全に自由なわけです。

ま、筑波の事情を知っている人には、有名な話ですが、管理人さんがいない上に、男子棟と女子棟が隣り合って建っていて、なおかつ、大学の敷地内で娯楽もないわけで、やることはひとつだあとなるわけです。

なかには、男達がひんぱんに出入りするので有名な女子棟もありました。一人、過激な行動を取る女性がいると、若くて素朴な他の女子学生も影響を受けてしまうのです。高校時代、自立ではなく、無菌状態で育てられた結果とも思います。

で、僕が転がり込んだ部屋の女性は、「大胆な性行動」の関係ではなく、ちゃんとした恋人でした。

ただし、転がり込んだ最初は、恋人ではなかったのですが、5号棟で一緒に生活をしているうちに、恋人になったわけです。

そもそもは、彼女が大学祭の企画で、映画をプロデュースしようとしていて、脚本を書く人間を募集していたというのが始まりでした。

「第三舞台」を旗揚げする前の年で、僕は僕の「表現への熱」を持て余していて、うろうろしていたのです。

さて、突然ですが、女性への幻想が打ち砕かれた瞬間というのは、どういう時ですか。

男は多かれ少なかれ、女性への幻想を持っていると思うのですが、その第一次幻想が打ち砕かれた瞬間です。

姉ちゃんがいる男性は、わりと早くに打ち砕かれますよね。きれいな姉ちゃんが、ぷっぷっ屁をこきながら、風呂上がりに腋毛を剃《そ》っているのを見たりすると、へんっと思いますからね。そのくせ、姉ちゃんの彼が家に遊びに来て、別人のような顔をしてしゃべってる落差を見ると、幻想は、完全に打ち砕かれますね。内心、「へっ、姉ちゃんは、ぷっぷっ屁をこきながら、尻をぽりぽりかくんだぞ」と思いながら、舞い上がってる彼をシニカルに見たりしますから。

で、僕は男兄弟なので、そういう形では、幻想は打ち砕かれませんでした。

で、女性は、どこかきれいなものなんだと、今から思うとほおずりしたいような美しい幻想を心の片隅にしまっていたわけです。

で、5号棟の話に戻るのです。

そこは、女子棟です。当然、トイレは女子用しかありません。僕は、女子用を使わざるをえないわけです。当時はまだすべてが和式トイレでした。

あれは、5号棟に住んでしばらくした時のことでした。トイレに入ると、使用済みのナプキンが、汚物入れに満杯になって、溢れていました（もちろん、女子用個室のトイレです）。

ははあ、誰かが掃除をサボっているなと思いながら、僕は用を足しました。

次の日、掃除はまだされていませんでした。ワンフロアには、十何人も女性が住んでいるのに、誰も掃除をせず、次々に使用済みのナプキンが、汚物入れの周りに捨てられていきました。ティッシュで包んで捨てられたナプキンは、ヒヨコがかえったみたいにティッシュから飛び出していました。しかし、ティッシュに包んで捨てられたのは半分ぐらいで、後は、そのまま、汚物入れの周りに捨ててありました。

ほとんどが、びろーんと伸びをしていて、私の内部はこんな風なのよと丁寧に見せてくれていました。

大をしようとして和式トイレにしゃがむと、目の前に、十何個の使用済みのナプキンが転がっている風景が飛び込んできます。

さまざまな色に変色した血の行列は、僕に、女性は、聖女ではなく、リアルな人間であることを教えてくれました。

そして、僕の女性に対する、第一次幻想は砕け散ったのです。鴻上尚史、21歳の夏のことでした。

（1997年1月）

見果てぬロマン

芝居のケイコ中、プロデューサーの中島が、にこにこしながらやってきました。

「鴻上さん、こんなものが事務所の郵便受けに入ってました」

見れば、裏ビデオのチラシでした。そんなのは、オレのマンションにも、たくさん入ってるよと言うと、

「違うんです。よく、見て下さい」

と中島は、チラシを差し出しました。

見れば、でかい文字で、「あのタレントの裏ビデオ！」と印刷されていました。

その下に、「Mありさ、Kれい子、Hあきこ、T由美子」と書いてありました。

んなばかなことが……と呟《つぶや》くと、その名前の下に、さらに、「そっくりさんや、イメージビデオではありません。正真正銘のあの子たちです。業界でもマル秘、衝撃の裏ビデオです！」と書かれていました。

「ぐふぐふっ」と、中島が満面の笑みをこぼしました。

「だってお前、いくらなんでも」と言うと、中島は、

「鴻上さんは、大人になったんですね」と急に悲しそうな顔になりました。

どういう意味だよと聞くと、

「ロマンですよ、ロマン。見果てぬ男の夢ですよ」と中島は、胸を張って答えました。

値段を見ると、1本、1万3000円。2本からの販売だと書いてありました。

「2本で2万6000円か……」

「高いですね……ぐふぐふっ」

中島は、困りながら、満面の笑みで答えました。

「困るか、喜ぶかどっちかにしなさいよ」とあきれると、

「カットウしてるんですよ。でもね、そっくりさんじゃないって書いてあるんですよ。イメージビデオでもない。だったら、もう……Kれい子ですよ！　Mありさですよ！」

中島は、カットウの頂点で叫びました。

「しかし、この前、社長の細川だってひどい目にあったじゃないか」

僕は答えました。

社長の細川は、チラシの「未編集ビデオ」の文句につられて3万円払ったら、送られて

きたビデオは、タイム・コードの入ったビデオでした。ついでに、モザイクも入ってました。モザイクが入っているけど、画面にタイム・コードが入っていて、たしかに、「未編集」なのです。

「はい、カメラ動かします」なんて声がそのまま、入っていたのです。たしかに、「未編集」でした。細川は、テレビ画面に向かって、「そのままやんけ！」と突っ込んだそうです。

ケイコ場で、中島は、悲しい顔で言いました。

「いいですか、鴻上さん。ケイコ場にプロデューサーが、がんばってねと、演出家を激励に来るってのはよくあります。でもね、頑張ってなんてのは、誰でも言えるんです。僕は、本当の意味で、ケイコ中の鴻上さんを激励しようと思って、このチラシを持って来たんですよ。そのプロデューサー心が分からないんですか⁉」

中島は少し、涙目になっていました。

「ありがとう、中島。分かったよ。ロマンだな。なにか、俺の心の中にも、甘酸っぱいモノがこみ上げてきたよ。賭けてみよう。２万６０００円でロマンが買えるなら安いもんだよ」

中島の顔が、ぱあっと明るくなりました。

「やっぱりです。鴻上さんなら、分かってもらえると思っていました！　僕、半額出しますから、じゃ、さっそく、申し込んできます！」

そして、昨日、ビデオが送られてきました。

中島は、『Mありさ』、僕は、『Kれい子』を持って、いそいそと家に帰り、セットしました。

セットして5秒後に、悲しみが訪れました。

電話が鳴りました。暗い声の中島でした。

「鴻上さん、どうでした？」

「サイテーだったよ」

「……そっくりさんじゃなかったですね」

「ああ、別人だった」

「裏ビデオとしても、最低ですよね」

「そっちもか。こっちも、画面が溶けまくって、ほとんど、分かんないぞ」

「こっちは、おばさんでした。Mありさって書いてあったのに……」

「中島、それはたぶん、武者小路《むしゃのこうじ》ありさっていう、おばさんじゃないか？」

「じゃあ、鴻上さんの方は？」

「神田川《かんだがわ》れい子っていう人なんだよ」

中島の深いため息が聞こえました。

「くさるな、中島。チラシに嘘は書いてないんだ。Hあきこは、きっと、ほんじゃまかあきこっていう人で、T由美子は、竜巻《たつまき》由美子っていう人なんだよ」

「1万3000円ですよおお。妻に知られたら、なんて言われるか……。鴻上さん、このことは、私と鴻上さんの二人だけの生涯の秘密ですよ！　絶対に人に話しちゃだめですよ！」

「分かった！　絶対に話さない！」

話せないので、僕は原稿に書きました。


（1996年1月）

予備校の寮で人生を学んだ

同窓会というものに出席してきました。中学や高校のではなく、予備校の同窓会です。

僕は、浪人時代、京都の駿台予備学校に行っていて、1年間、寮に入っていました。

そのメンバーで、東京に住んでいる人間が集まったのです。

寮を出て、20年弱たっているのですが、いまだに、集まっています。

僕は、この時代のことを、今まで、ほとんど書かなかったのですが、それは、嫌な思い出だったからではなく、あんまり面白かったから、そのうちまとめて、エンターテインメント小説かテレビドラマにしようと思っているからです。

と、思いながら、もう20年弱ですから、困ってしまいます。

この調子だと、えんえん書けないまま、僕の人生が終わってしまいそうです（その後、2011年に『八月の犬は二度吠える』（講談社）という小説を書きました）。

今回、ちらりとさわりだけ書きます。

そう思ったのは、同窓会があったのと、映画『岸和田少年愚連隊』（井筒和幸監督）を見たからです。

　1975年の大阪・岸和田が舞台ですが、あの時代、どんなにケンカしても、ある信頼があったように思います。決して、相手を殺さないという根本的な約束はもちろんですが、不良とガリ勉の断絶もなく、弱者をいじめることで自分の存在を確認するという切羽詰まった弱さもなかったと、映画を見ながら思い出したのです。

　そういう意味で、予備校の寮は、中学、高校では経験できなかったあたたかさに溢れていました。

　なにせ、受験に失敗した人間の集まりなのです。

　東大を受けようと、どっかの三流私立を受けようと、落ちたのは同じです。「オレはよう、東大を落ちたんだぜ」といばっても、ただのアホです。

　そういう意味で妙な連帯感と仲間意識がありました。

　そして、集団生活なんてやったことがない人間が、日本中から集まるんですから、面白くないわけがないのです。

　なおかつ、一浪だけではなく、最大、六浪の人もいましたから、年齢もさまざまで無茶苦茶だったのです。

寮の前が、道をへだてて、ある会社の寮だったというのも、無茶苦茶に拍車をかけました。

めざとい奴というのは、いつの時代にもいるもので、そいつは、屋上で自分の洗濯物を干している時に、その寮の何部屋かは、女性の部屋だという事実を発見しました。

名前を今村といいます。

今村は、すぐに、双眼鏡を買いに走りました。めざとい奴を見つけるめざとい奴というのも、いつの時代にもいるものです。名前を鴻上といいます。あ、僕です。

僕は、今村がにこにこしながら、食堂で夕食を食べている事実を見逃しませんでした。浪人にそんな喜びがあるはずがない。なにかある。問い詰めると、今村は、簡単にゲロしました。

昼間は見つかります。そんな距離なのです。二人は、夜まで待ちました。一つの双眼鏡の片方を分け合って（頭がぶつかって痛かったのですが、そんなことは言ってられません）、夜、ドキドキの時を過ごしました。

しかし、噂は、英単語を暗記するより速く伝わります。3日後には、屋上はバード・ウォッチングの世界大会のようになりました。屋上の片方の端に、びっしりと黒い影が並び、無言のまま、双眼鏡や望遠鏡を握りしめていたのです。

予備校の寮ですから、テレビ持ち込み禁止という規制が、この熱情に拍車をかけました。

その日は、何故《なぜ》か、女性のみなさんの格好は大胆でした。ふだん、カーテンをびしっとしめている人も、半開きにしてちらちらと下着姿をサービスしていました。黒い影たちは、くぐもった歓声を上げながら、じっと見つめていました。

と、次の日、勉強もせずに屋上に上がると、女性の部屋の電気がすべて消えています。2時間待っても、電気がつきません。おかしいなあと呟きながら、バード・ウォッチングの世界大会は流会となりました。

3日後、やっと部屋に明かりがつきました。その時は、世界大会から西日本大会ぐらいの規模になっていましたが、黒い影は歓声を上げました。

半分開けたカーテンから、太股《ふともも》が出現しました。太股は、じっとしたまま、寝ころがっているようでした。

30分、太股は動きません。僕達は、上半身がどうなっているのかと、目がチカチカしましたが、見続けました。これだけの集中力があれば、きっと、どんな大学でも突破できたでしょう。

30分後、太股がゆっくりと動き、上半身が出現しました。

中年のおやじでした。

中年のおやじは、ランニングにパンツ姿だったのです。僕達は、悲鳴を上げました。

他の部屋も、男でした。女性が入っていた部屋は、3日の間にすべて、男に代わっていたのです。

原因は、間違いなく、僕達です。たぶん、女性の誰かが、夜、目の前の屋上に並ぶバード・ウォッチングの列に気づいて、会社に部屋替えを提案したのです。

至福の時は、あっという間に終わりました。

しかし、逆に、僕は青春の苦悩に放り込まれました。あの日、女性のみなさんが妙に大胆だった日、あの日は、今日で終わりなのよという日だったんだ。ということは、部屋替えを提案したくせに、サービスしたんだ。どうして？　どうしてなの？　ああ、女心は分からない。

ところで、僕が予備校時代に入っていた寮は、「西賀茂至誠《しせい》寮」といいます。京都、賀茂川の上流、上賀茂神社の近くにある、それはそれは環境抜群の寮でした。

しかし、僕達は、「西賀茂至誠寮」ではなく、「西賀茂射精寮」と呼び間違えました。なにせ、20歳前後の若い男だけが80人もいる寮なのです。勉強の合間に考えることといったら、あのことだけなのです。

テレビは禁止されていましたから、材料（?）は紙媒体だけでした。

玄関の横にある食堂が、寮生の溜まり場でした。にこにこと紙袋を抱えて帰ってくる奴を見つけると、だだっと寮生が集まります。エッチ系の雑誌を買ってきた本人の意向とは関係なく、ジャンケンが始まります。

ジャンケンに勝った奴が、「いちばーん!」と雄叫びを上げて、「へっへっへ、処女でんなあ」と金持ちの旦那みたいな顔をして、雑誌を持って去っていきます。雑誌を買ってきた奴は、初恋の人が身売りされるような切ない表情で、それを見送ります。かんにんな、かんにんな、お父ちゃん、ジャンケンに負けてしもてなあと、心の中で呟きます。

数分して、ジャンケンに勝った奴は、清々しい顔で帰ってきます。あ、言い忘れましたが、この寮は、個室でした。二畳半ほどの、ベッドと机でもうおしまいという大きさでしたが、それでも、個室でした。鍵は、強くノックされ続けると、自然に外れるというドアに優しい構造でしたが、それでも、個室でした。

続いて、ジャンケンに勝った奴が、「二番ですな」とグラビアの裸のねーちゃんを見つめながら去ります。雑誌を買った本人が、ジャンケンに負け続けた場合は、最後に、グラビアの裸のねーちゃんに向かって、「君はもう大人なんだね」と悲しく呟くという、切ない風景にあふれた寮でした。

誰の部屋の中にも、エッチ系の雑誌（簡単にいうとエロ本）が溢れていて、想像力を刺激しなくなった本は、さかんに流通していました。原始共産制の見本のような素晴らしい寮でした。エロ本は、みんなの物だという原則が確立していたのです。一人のエロ本はみんなのために、みんなのエロ本は一人のために、というヒューマンな原則があったのです。

しかし、お気に入りのおねーちゃんの場合、自分が最初の男になりたいと思うのは、人の常です。僕は、その当時の伝説のスター、泉じゅんさんの写真集をこっそり買って、寮に帰りました。平静を装って、自分の部屋に入りました。さあて、僕が初めての男だよおとティッシュの箱を見ると、ちょうど、切れています。い、いかんと思案した僕は、このチャンスを外すと、君は残虐な男達に回されてしまう、それはあまりに君が不憫《ふびん》だと、トイレットペーパーを持ってくることにしました。泉じゅんさんをベッドの上に置いて、トイレに行って帰ってくると、泉じゅんさんは消えていました。時間にして、1分あるかないかです。わずか1分の間に泉じゅんさんは失踪したのです。

「だ、だれだあー！　僕の泉じゅんさんを誘拐したのはー！」

僕は腹の底から叫びました。しかし、個室の並ぶドアから、返事は一言もありませんでした。僕は、その後1週間、「泉じゅんさん失踪事件」として各部屋を回りましたが、結局、泉じゅんさんは見つかりませんでした。原始共産制は、やはり、ユートピアでしかなかったのです。

一人、体育会の典型のような筋肉男がいました。よせばいいのに、梅田という奴が、逆エビ固めをかけさせてくれとそいつに頼みました。軽く引き受けた筋肉男は、軽い気持ちでふんっと力みました。筋肉男にまたがった梅田は、筋肉男の足を持っていたので、反動で吹っ飛びました。

そのまま、食堂の壁に頭から激突しました。にぶい音がしました。僕達は、真っ青になりました。呼びかけても、梅田は、返事がありません。救急車が呼ばれ、病院にかつぎこまれました。梅田の容体を見た医者は、さっと顔色を変えて、「御家族の方に連絡してください」と僕達に告げました。僕達は、パニックになりました。逆エビ固めをかけて、飛ばされて死ぬのは、あまりに情けないと、梅田の人生が不憫になりました。

実家は遠かったので、奈良のおばさんに連絡しました。ベッドに横たわっている梅田の枕許《まくらもと》で、

「梅田！　梅田！　聞こえるか！　今、奈良のおばさんに連絡したからな！」

と叫びました。

梅田の口がかすかに開きました。僕達は、緊張しました。梅田の最期の言葉になるかもしれない。

「梅田！　なんだ！　何が言いたいんだ！」

梅田の口許に耳を近づけると、梅田はかすかに言いました。

「……僕の部屋のエロ本、隠して下さい……」

僕達は、泣きながらそして笑いながら、「分かった！　分かったぞ！　梅田！」と叫んでいました。

（1996年3月）

6　親と故郷

故郷と自立

僕は、毎年、正月には、故郷の愛媛県に帰ることに決めています。両親に顔を見せ、正月だけは、たっぷりと一緒の時間を取るようにしているのです。

子供の頃に読んだマンガに忘れられない一コマがあります。

田舎の農村に住む若者が、母親に嘘をついて都会に出ていこうとして早朝の汽車に乗り込む話でした。息子が家を出たことを知った母は、走り出す汽車を追いかけます。息子は、涙を流しながら、しかし、家を出て都会に行くことを決意して母を無視するのです。

母は、線路を必死に走って、そして、転びます。遠くなる汽車に向かって手を伸ばし、息子の名前を叫びます。

その目一杯伸ばした手と母の顔が、忘れられない一コマでした。

確か、僕は小学校の高学年で、その一コマを見ながら、「やがて人は、こうやって家を出るんだ」とぼんやりと、しかし確信していました。何故か分かりませんが、親とはそうやって別れるものだと思ったのです。

実際は、僕はそんなに田舎に住んでいたわけでもなく、また、母は労働力として息子を頼っていたわけでもないので、こんな別れ方はしませんでした。

ただ、心の中では、いつも、この一コマが浮かんでいました。マンガのタイトルもそれからのストーリーも忘れましたが、この一コマだけは強烈に覚えています。そして、その後の僕の故郷と両親、特に母親に対する態度を決めたのです。

『地上《ここ》より何処《どこ》かで』というハリウッド映画があります。

母と娘の物語で、ロサンゼルスに憧《あこが》れてやって来た母親と、本当は故郷を出たくなかった娘が一緒に住みながら、娘は母親に反発し、母親は娘に期待し、娘は家を出たいと思いながらうまくいかず、娘と母とが憎み、頼り、反発し、愛し合う物語です。

簡単に言えば、そりゃもう、「共《きょう》依存《いぞん》」としてお互いが自立しないまま、頼りあって、お互いの自立を阻害《そがい》し、お互いの依存をうっとうしいと思う最近の流れを見事に作品にしているわけです。

母親を捨てて汽車に飛び乗った時代から、「だって、実家で一緒に住んでる方が楽なんだもん。一緒に住むのが何が悪いの？　一緒に住むのって親孝行よ」という時代に突入した流れをちゃんと作品にしています。

それも、母親にスーザン・サランドン、娘に『レオン』のナタリー・ポートマンというメジャーを配した作品を作ってしまう。

こういう作品を見ると、「うむむ、ハリウッド、あなどりがたし」と感じるのです。

こんな地味で、ひりひりした現代的なテーマをちゃんとエンタテインメントにしている力業《ちからわざ》に感動します。

「共依存」に悩んでいる娘と母親が一緒に見れば、そこに間違いなく自分たちを発見して、そして、もし二人が「共依存」を解消したいと思っているのなら、そのヒントに溢《あふ》れている映画なのです。

「親元を出るのが何が悪いの？」という素朴な質問の時代から、「一緒に住むのが何が悪いの？」という素朴な質問の時代に移ったようです。

それはつまり、「自立しないといけない」という命題の時代から「自立しようとして苦しむなら意味ないじゃん」という命題に移ったのかもしれません。当然、その間には「自立って、何のことよ?」という質問と「自立して苦しかったり淋しかったりするなら嫌だ」という実感の時代があったのでしょう。

『此処より何処かで』の母親、スーザン・サランドンはお互いの抱えている不安や淋しさに対して敏感《びんかん》です。そして、娘もお互いの不安や淋しさに対して敏感なのです。

僕達は、世界的に賢くなって、残される者の哀しみや不安をはっきりと自覚するようになったのかもしれません。それとも、世界が悲劇に溢れたので、喜劇より悲劇に敏感になってしまったのかもしれません。それとも、未来が語られなくなったので、親を捨てて手に入る未来より、親と一緒に住む現在の方を信じるようになったのかもしれません。

今にして思えば、僕があのマンガの一コマに魅《ひ》かれたのは、母の元に居ることの気持ち良さと、故郷を出ることの恐さを感じたからだと思います。居た方が気持ちよいし、出ない方が安全だと分かっているからこそ、家を出ようと決心したのです。

だから僕は、18歳を過ぎてから、ずっと、両親と話す時は、あの一コマを意識していました。僕は別れたんだ。僕は捨てたんだと思っていました。そう思わなければ、都会でのハードな仕事に耐《た》えられなかったという現実的な理由もありました。

「今、たまたま親と離れている」と思ってしまったら、苦しい時は帰りたくなり、そして帰り、耐える意味を失っていたと思います。

そして、だからこそ、正月だけは、濃密に共に時間を過ごそうと感じました。去年1年の自分の仕事や生活をギャグをふんだんに交えながら語ることは、あの一コマに対する贖罪《しょくざい》の意識でもありました。

今年もまた、僕は故郷に帰ります。両親とうんと話そうと思っています。

（2001年12月）

ずっと働いていた両親について思っていること

今年の正月も、僕は故郷に帰省しました。

ずっと親不孝を続けて来たと思っているので、正月だけは帰ろうと決めているのです。両親はまだ健在で、それでも、70歳を越しました。

時々、両親について原稿を書いて欲しいという依頼が来るのですが、なんだか、恥ずかしくて、なかなか書けません。

前にも書いたように、共に小学校の教師でした。

文部省と日教組が華々しく闘っていた時代だったので、両親共、毎日、夜遅くまで組合活動をしていました。

その当時、〝鍵《かぎ》っ子〟という言葉が流行り始めた時期でした。共稼《ともかせ》ぎの家庭で、鍵を持ち、誰もいない家に帰る子供の呼び方です。僕は、元祖〝鍵っ子〟でした。

母は、45歳の時、突然、小学校教師を辞めると言いだしました。どうしたの？　と聞けば、「定年までのあと10年、人生に悔いがないようにしたいの」とドラマのような言葉を言って、小学校教員を続けながら、1年で障害児教育の養護教員の資格を取りました。大学の通信教育と大学での夏期スクーリングの結果です。

そして、母は、言語不自由児と呼ばれる子供達の教育を定年まで続けました。一言も話せなかった子供が、教室に通うことで言葉を生み出せるようになり、その結果に涙を流す子供の親達の話をよくしてくれました。

父親は、バリバリの闘士で、僕が中学生の時、風邪で寝込んでいると、

「そんなことですぐ寝込むようじゃあ、公安の拷問ですぐに吐くぞ」

と枕元で僕を叱りました。

「公安の拷問？」と僕は、熱でボーッとした頭で考えていました。

俺は小林多喜二《こばやしたきじ》か？　と思いました。

そうか、こんなことで寝込むようじゃあ、僕はすぐに白状してしまうんだと反省しましたが、次の瞬間、いったい、僕は何を白状するんだろう？　と思いました。

高校時代に入って、反抗期の真っ最中、父親が勝手に僕の部屋に入った時、「僕の部屋に勝手に入るな！」と叫び、父親がカッとして僕を叩きました。軽くはたいただけでしたが、僕は、「暴力で人民を屈伏《くっぷく》できると思っているのか！」と言い返しました。

父親は、ぐっと詰まって苦しそうに部屋を出ていきました。二度と父親は、勝手に入ることはありませんでした。父親に〝効く〟言葉を有効に使った僕の勝利でした。

もっとも、両親は、僕が言うのもなんですが、まず熱心で誠実な教師でした。

僕が20代のまん中頃、猪瀬直樹《いのせなおき》さんと対談したことがありました。世の中の様々な事情を語り合った後、猪瀬さんはふと、「鴻上君の親御さんは教師なの？」と聞きました。

そんなことを一言も言ってなかったので、驚いてどうしてです？　と問い返すと、

「いや、教師に対する見方だけが特別に厳しかったから」

と、猪瀬さんは答えました。

僕の両親は、とことん打ち込んだ教師でした。クラス通信を毎週どころか、毎日発行するなんてのも当たり前でした。親の姿を見て、教師とはそういうものだと、僕は無意識に思っていたのです。

結果、両親は忙しく、参観日や運動会はすべて、祖母だけでした。小学校の転校の日は、自分一人で行きました。自分ではそれが当然だと思っていました。

母親が養護教員を退職した後、それは、僕が大学を出てしばらくしてからですが、母親はしきりに、「今までロクなものも食べさせなかった」と言うようになりました。確か

に、両親とも夜遅く帰る日が多かったので、スーパーの惣菜《そうざい》がよく食卓に出ました。

正月に帰省するたびに、母親は、今までの市販の惣菜を悔やむかのように豪華な手作り料理を用意してくれるようになりました。教員時代、忙しくて見る暇がなかったような各種の料理本も母親の本棚に並ぶようになりました。

けれど、僕は母親が反省している程には、食事や祖母しかいない運動会のことを、淋しかったとか残念だったとか思っていません。それより、僕は、両親が自分の信じた事を追求し、毎日、夜遅くまで働いている姿を見られた事が幸福だったと思っているのです。

二人はあんまり忙しかったので、夫婦喧嘩をする暇もありませんでした。父親は、教育委員会の日教組切り崩しのための〝報復人事〟の結果、通勤に1時間以上もかかるような遠くの小学校に配置されていました。朝早く家を出て、遅くに帰ってくる父親とめったに話せませんでしたが、僕は幸福でした。

僕が結婚する時に、両親に相手を紹介しました。母親は、彼女にだけ、こっそりと、「自分が一生打ち込める何かを見つけた方がいいわよ。夫とか子供じゃなくてね。それは、あなたが一生打ち込むものじゃないから。夫の人生は夫が、子供の人生は子供が自分で打ち込むものだから」と言いました。

父親は、彼女に、「息子は喫煙をやめるべきだ」と語りました。

僕は、結婚相手は働いている女性だと決めていました。

それは、豪華な手料理より、親が自分の納得する仕事をしていること、満足する生活を送っていることを見せることが、子供にとって一番だと思っていたからです。どんなに遅くなっても、親が自分の満足する仕事のために遅くなっていたのなら、子供はきっと分かってくれると思っているのです。

嫌いな仕事をしていない限り、問題はないと思っています。自分の好きな仕事は、子供に語るはずで、そこで子供は親の不在を埋《う》めることができるのです。

今でも母は、時々、僕をずっと放っておいたと悔やみます。けれど、そうではないと、僕は思っているのです。

今年、帰省して70歳を越した両親を見て、今、伝えないといけないと思って初めてこのことを書きました。直接はとても恥ずかしくて言えないのでね。

でも、そう思ったことは、少し淋しいことでもあるのです。


（2004年1月）

年末年始、あなたは親と話していますか？

年末年始はどうすごされますか？

僕は、毎年、正月には、故郷の実家に帰ります。1年に1回の〝親孝行〟だと勝手に思っています。

両親は、幸いに健在なのですが、だんだんと年老いて来ます。

去年の正月には、両親の口から、「自分たちのお墓をどこにするか決めたから」という言葉が出ました。「何を言ってるんだよ。まだ若いじゃないか」と、なかなか言えなくなってきました。

「分かった」と言って、納得しました。

両親がどういう人生を生きてきたのか、一度、ちゃんと聞いとかないといけないなあと、ずっと思っています。思っていますが、なかなか、照れくさくて言い出すことができません。

両親とも、小学校の教師だったのですが、父親は、県内組織率5パーセント以下という弱小組合に所属していました。

僕の出身の愛媛県では、日教組はとても弱く、組合に入っているだけで、山奥の僻地《へきち》へ〝見せしめ〟のために飛ばされました。昭和40年代前半、「政治の季節」の話です。父親は、小学校に一人いるかいないかの少数派でした。

ですから、僕は、よく右翼の方々がおっしゃる「日教組が日本をダメにした」という言い方を信じていません。教育の荒廃がすべて日教組のせいなら、日教組に入っている先生がほとんどいない愛媛県は「非行はとても少なく、愛国者が続々と生まれる立派な」県になっているはずですが、非行の割合も愛国者の数も（そんな統計はないですが）他の県とそんなに変わりませんでした。

「文部省のせい」とか「日教組のせい」とか簡単に犯人が割り出せないことが、教育の難しさだと、当たり前のことをしみじみと納得しただけです。

で、父親は、たぶん、それなりに波瀾万丈《はらんばんじょう》の人生を送っているはずで、酒でも酌《く》み交わしながら、「で、オヤジは何を思って生きてきたのさ？」と聞きたいのですが、これがなかなか小ッ恥ずかしくってできないのです。

でも、そんなことを言っていると、だんだんと年老いてきて、間に合わなくなるってことも起きますからね。

若い俳優とつきあい始めると、「ああ、こいつの性格を作ったのは、本人じゃなくて親なんだな」と気付かされます。俳優本人以上に周りが、そう納得します。当事者は、なかなかわからないのでしょう。親と自分の関係を正しく把握するのは若者には難しいのだと思います。

僕が親のことをそれなりにちゃんと客観的に見られるようになったのは、30代の半ばでした。

気性の激しい女性とつきあって振り回され、「愛とは何か?」を考え抜き、ある日、母親が死んだという夢を見て泣きました。もっとも、朝起きた時、それが夢だったのか、夜中の電話だったのか、自分でもわからないぐらいリアルな感覚でしたから、「夢」という言葉は正確ではありません。

ただ、泣いたという事実だけははっきりと分かっていました。

僕は恐る恐る、故郷に電話しました。電話口の向こうで母親の声を聞いて初めて、「ああ、夢だったんだ」と納得しました。その時から、僕は母親を客観的に見られるようになりました。

ですが、父親に関してはまだかもしれません。父親は信念の人で、僕もまた、自分で言いますが、温和な顔をしているわりには譲れない所は譲れない性格なので、高校の時は、なにかあると対立していました。このまま、ずっと同居が続けば、間違いなく大爆発しただろうという時に、幸運なことに高校卒業が来て、東京へ大学進学のために旅立ちました。

父親を理解することをやめて、とりあえず遠ざけたのです。

それは、動物的な本能だったのかもしれないと当時も今も思います。

動物のオスが二匹、狭い場所にずっといて、どちらも「自分の足で立つ」ことを志向していたら、ぶつかるのは当然だろうと。そういう時は、巣を別々に作るしかないだろうと。

若い俳優の言葉を聞いていると、「ああ、そういう風に育てられたんだろうなあ」と思うことがよくあります。

20代では、それは自分の言葉ではなく、親の言葉のことが多いのです。もちろん、話している本人には、そんな自覚はありません。

80点のテストを持って帰った時、「よくやったね。80点じゃないか！」と心からほめられた子どもと、「あと20点で100点だったじゃないか。どうして、あと20点が取れないんだ!」と責められた子どもでは、性格ははっきりと違うだろう。「そんな点数取ってたら、父親みたいな人間になるんだよ」と付け加えられた子どもは、もっと違う性格になるだろう。

最近、子どもの虐待《ぎゃくたい》がよくマスコミに取り上げられていますが、「クラスメイト全員が親になるんだとしたら、とんでもない親もいるだろう」と普通に思います。親になったから性格がいきなり大人になるわけもないだろう。子どものままで親になる奴だって普通にいるだろう。クラスの中で、ものすごくだらしなくて何の責任感もなくてクラスの行事を無視し続けた奴は、そんな大人になるだろう、と思うのです。

自分が気付かないうちに親の言葉をしゃべっていたんだとようやく自覚するのは、30代のような気がします。少なくとも、僕はそうでした。

ですから、とんでもない親に育てられた子どもが、それを再生産して自分の子どもに押しつけないためには、最低でも30代までの時間はかかるんじゃないかと思っています。

自分の親を客観的に見て、「こんな育て方をしてはいけないんだ」と感情的にではなく客観的に納得し、冷静に、「私は子どもをこんな風にはしない」と思えるためには、20代では無理なんじゃないかと思っているのです。

（2008年1月）

母との別れの後にやってきた現実

『ハルシオン・デイズ２０２０』の東京公演が無事に終わりました。計5回のＰＣＲ検査でも、キャスト・スタッフ一同、全員、陰性でした。

劇場は換気し、シートを消毒し、物販の数を最小にし、お客さんには検温、手と靴裏の消毒、万が一のことを考えてチケットの裏に名前と電話番号を書いていただきました。

それでも、楽日まで公演ができたのは奇跡だと思っています。

知り合いの公演が、陽性者が出て中止になったという知らせが入ってきます。そのたびに、胃が絞り上げられるように痛いです。

12月5、6日の大阪公演に向けて、6回目のＰＣＲ検査を受けます。

千秋楽の5日前、故郷の病院から母親の容体がよくないという連絡がありました。

母親は2年前に脳梗塞を患い、特養老人ホームのお世話になっていました。

会話はできず、意思の疎通もうまくいかないのですが、それでも、面会すれば、何かが通じ合っているように感じました。

けれど、今年の2月以降、コロナの影響で面会ができなくなりました。

そういう人が日本中にたくさんいると思います。

特に東京からの面会は控えて欲しいと言われました。しょうがないことだと分かっていても、10ヵ月近く面会できず、ジリジリとしていました。

公演の途中で母親は肺炎になり、特養老人ホームから病院に入院したという知らせがきました。

病院も、コロナの影響で面会できないという話でした。

が、容体が悪いという連絡の後、面会ができると教えられました。

ああ、切迫した状況なんだなと感じました。

木曜日の夜、劇場に寄った後、故郷に飛びました。病院には、夜11時過ぎに着きました。

10ヵ月ぶりに見る母親は、人工呼吸器をつけて、必死で息をしていました。

福岡に住む弟が先に着いていたので、二人で母親に話しかけました。

息子二人が一緒に話しかけるのは、1年以上ぶりでした。

母親に届けばいいなと思いました。

明確な反応はないのですが、それでも頭や身体が少し動いたりします。

1時間ほど傍にいて、容体が変わらないようなので、「明日来るよ」と声をかけて帰りました。

その1時間半後、病院からまた電話がかかってきて、深夜2時半に母親は亡くなりました。

目立った反応はなかったけれど、息子二人の声を聞いて安心したんだろうかと思いました。

脳梗塞で寝たきりになっても、聞こえているかもしれない、分かっているかもしれない、身体の器官で最後まで動いているのは耳なんだ、と思いながら、面会のたびに話しかけてきました。

冷たくなった母親の額に手を当てて「お疲れさまでした」と声をかけました。ゆっくりと休んで下さいと。

そこから、現実がやってきました。

葬儀社の人が遺体を引き取りに来るので40分ほど待って欲しいと言われ、その後、遺体と共に葬儀社に呼ばれました。

担当の人が現れて「今から、2～3時間ほど、通夜とお葬式の打合せ、よろしいですか」と言われました。

夜中の4時近くでした。

去年、父親が亡くなった時も、「2～3時間ほど、よろしいですか」と言われました。そこから、死を金額に換える話し合いが始まりました。

骨壺が何円から何円まであってどれにするか、棺桶が何円から何円まであってどれにするか、死装束が何円から何円まであってどれにするか、花籠が何円から何円まであってどれにするか。30から40項目ぐらいあるでしょうか。去年の父親と同じことが始まりました。

葬儀社の方は親切で何の不満もありません。納得できないことがあるとしたら、「死を金額で算定する」というシステムでしょうか。思いをすべて金額にする手続き。

これが、日本の葬式なのかと思いながら、朝の6時まで打合せは続きました。

実家に戻り、寝て、起きて、お寺さんに連絡しました。

葬儀社から連絡がすでに行っていて、戒名の申し込みと打合せを手短にすませました。

去年の12月に父親を亡くしたので、葬儀に対する心構えができていて、「死を金額に換算すること」に対して、どうにもやり切れぬ思いがこみ上げてきました。

でも、葬儀社の人もお寺さんも、本当によくしてくれました。とても良い人達です。これだけははっきりしています。

戦場の兵士を責めるつもりはありません。問題は、日本の葬式というシステムの問題です。

30万部のベストセラーになっている島田裕巳《ひろみ》さんの『葬式は、要らない』（幻冬舎新書、2010年）は、じつに刺激的な紹介文で始まります。

「日本人の葬儀費用は平均231万円。これはイギリスの12万円、韓国の37万円と比較して格段に高い。浪費の国アメリカでさえ44万円だ」

この本が10年前に出版された後、島田さんは仏教界から講演に呼ばれていたのにばったりと声がかからなくなり、葬儀業界からは弁護士の署名のある抗議文を二回受け取ったと、『捨てられる宗教　葬式・墓・戒名を捨てた日本人の末路』（SB新書、2020年）で書かれています。

どんなに抗議しても、この本がベストセラーになったから葬式が減ってきたのではなく、多くの人が葬式に対して疑問を持っているから、ベストセラーになったのだと感じます。

父親は89歳、母親は88歳で亡くなりました。

言ってみれば、「大往生」です。

もちろん哀しく、辛いことですが、若くして突然、命が奪われたケースとは根本的に違います。

どうして、「通夜」「葬式」「初七日」「四十九日」「百箇日」「一周忌」とたくさんの「儀式」があるのか疑問でした。

それが、「昔は、若くして亡くなる人が多かったから、その死を受け入れるために、残された人は何度も供養し、祈ったのだ」という説明を知りました。

若くして身内を亡くすことと、大往生の身内を見送ることとは、心理的に違うだろうと思うのです。

さらに、父親や母親の葬儀に会葬していただける方々は、同じように高齢になっている分、何度も足を運んでもらうことが申し訳ないと思います。

そもそも、忙しい現代では、ただ一度、「葬式」だけでいいのではないのかとも思うのです。

松尾貴史《たかし》さんが、今年、お母様を亡くされて、直葬にしたという記事を読みました。「直葬」は「じきそう」とも「ちょくそう」とも読まれていますが、亡くなった病院から直接火葬場に行く方法です。

島田裕巳さんも著書の中で、これからはますます直葬が増えていくだろうと書かれています。

松尾さんは、コロナの影響もあって、会葬をはばかって直接火葬場を選んだのです。

こうすると、葬式はもちろん、お寺さんのお経も必要ありません。非常に格安な葬式になります。

そして、戒名《かいみょう》です。

ずっとブームが続いている白洲次郎《しらすじろう》は死ぬ5年前の遺言に「一、葬式無用　一、戒名不用」と書きました。

そして、妻に「葬式をしたら化けて出るぞ」と脅していたそうです。

その遺言通り、白洲の葬式は遺族が集まって酒盛りをしただけでした。

また、山田風太郎《ふうたろう》は自分で生前に戒名をつけました。「風々院風々風々居士」というなんとも風変わりなものでした。

戒名はなぜ必要なのか？　なぜ、金額によってランクがあるのか？

お寺さんが、経済状態を維持するために「戒名」がとても大切なことは充分分かります。

けれど、何十万円もの金額によって、死にランクがつくことに割り切れない思いがするのです。

ＡＩが進化することによって滅んでいく職業がさかんに言われます。それは時間の問題だろうと思われています。

このままでは、葬儀業界もまた、変わらざるを得ない産業になるのではないかと感じてしまうのです。


（２０２０年12月）

7　割り切れないからおもしろい

「逃げる」という選択

２０１５年２月、神奈川県川崎市で中学１年生だった上村遼太君が少年３人に激しい暴行を受けて殺害される事件が発生。

ここんとこ、僕が２００６年に「いじめ」に関して書いた文章が激しくリツイートされています。もともとは朝日新聞の求めに応じて書いた文章で、「もし、あなたが今、いじめられていたら、とにかく逃げなさい」という内容です。

逃げる前に「遺書」を書き、台所に置いて、学校に行かず、一日中ブラブラして、大人達に心配をかけて、「死に切れなかった」と言って戻ってきなさい。それでもダメなら、学校宛てに、あなたをいじめている人の名前を書いて送って、そして、その学校から逃げなさい。大人だって、会社が嫌なら逃げているのです。逃げることは恥ずかしいことではありません。逃げて逃げて、逃げ続けるのです。大丈夫。この世界はあなたが思うよりはるかに広いのです。どこかの山にも南の島にも、あなたが生き延びられる場所はあるのです。とにかく逃げなさい――そんな内容です。

書いた当時は、この文章に対する反発もけっこう受けました。「戦わないで逃げてどうする」というのが典型的な反論でした。「戦うことを教えないで、逃げることを勧めるなんて無責任だ」とか「逃げているだけでは、ろくな大人になれない」なんてことも言われました。

でも、最近、ネットではこの文章がさかんにコピーされています。

原因は胸潰れる、上村遼太君の悲しい事件だと思います。18歳や17歳の少年達に日常的にいじめられていた13歳の上村君のようなケースで「逃げないで戦え」なんて言える大人はいないと思います。

できることは、戦うことでも無視することでもなく、ただ逃げるだけです。家の事情で引っ越しできないなら、一人でとにかく逃げるのです。

もともと、僕がこの文章を書いたのは、沖縄県の鳩間《はとま》島の小学校と中学校に海浜留学した子供達と出会ったからです。鳩間島というのは、西表《いりおもて》島のすぐそばにある離島です。島民人口は、数十人ほどです。そこにある小学校と中学校は、廃校の危機から逃れるために、全国から生徒を募集し、そして受け入れました。

不登校を続けていた子供やいじめられていた子供達がいました。小学6年生の男子は、「鳩間島に来て子供らしくなった」とはにかみました。

小学校・中学校あわせても、10人もいるかいないかの生徒達ですから、陰湿ないじめも起こらず、沖縄の青空と海に囲まれて暮らすうちに、自分の中の「子供」が目覚めたのです。

日本には、山村留学を含めて、小学校の生徒を受け入れている所がたくさんあります。寮だったり、ホームステイだったりのシステムができあがっています。

どうしてもいじめを防げないのなら、一人でそこに逃げる、という方法も全然、ありなのです。

かかる金額もピンキリです。親に余裕がない場合だって、調べていけば地元の自治体が支えている場所も多いのです。一人でそこに送りだすのは、なんだか親の育児放棄みたいでできない、なんて世間体を気にしている場合じゃないのは、上村君のケースを見てもあきらかでしょう。独り暮らしを選ぶ淋しさより、いじめのネットワークから逃げられることで、子供達はホッとするはずです。

いじめる方も、遊び感覚を通り越して、そうすることが自分自身や集団の存在意味になってしまった場合、どんなに抵抗しても、いじめをやめることはないでしょう。そういう時は、そこで戦うのではなく、逃げる方がはるかに賢明なのです。

それは、ブラック企業で必死に働いて精神を病むぐらいなら、とっとと逃げ出す方がどれほどましかということと同じです。ブラック企業は、追い込むことに反省もしないし、経営方針を変えることもないのです。社員本人が潰れることでしか、このサイクルを終わらせられないのなら、とっとと逃げるべきなのです。

しかし、こういう事件が起きて、マスコミが過度の特集をすると、必ず、政治家が「少年事件が非常に凶悪化しており、少年法を見直す」と言い出します。今回も自民党の政調会長という人が言い出しました。けれど、少年犯罪は毎年減少し、戦後最低を更新し続けています。凶悪な事件が特別、増えているわけでもありません。

唯一増えているのは、マスコミの報道量や時間だけなのです。

（2015年3月）

「いじめ」と奥田愛基さんとクラスメイトと

ＳＥＡＬＤｓ（「自由と民主主義のための学生緊急行動」。集団的自衛権を行使できるようにする安全保障関連法案に反対する関東の学生らが、２０１５年５月に設立し、ラップ音楽を絡めたデモなどで注目を集める。16年8月に解散）の創立メンバーの奥田愛基《あき》さんと対談しました。ＳＥＡＬＤｓの解散を発表した次の日でした。

話した内容は、「政治」ではなく「いじめ」についてでした。

もともと、『クイック・ジャパン』という雑誌で、奥田さんと「水曜日のカンパネラ」のコムアイさんが、僕のいじめについて書いた文章を読んで人生を変えたという対談がありました。

僕のファンがツイッターで知らせてくれたのです。

いじめについて書いた文章というのは、前に触れたように、２００６年に「死なないで、逃げて逃げて」というタイトルで朝日新聞の依頼で書いたものです。

もう10年も前のものですが、いまだにネットでは何度も取り上げられています。

この原稿には、思い出があります。

依頼したのは、朝日新聞の記者で、高校のクラスメイトだった山上浩二郎《やまがみこうじろう》という男でした。つかず離れずの距離を取りながら、芝居を何度も見に来てくれたり、「記者クラブ」について議論したりしていました。

もし、原稿の依頼が彼からじゃなかったら、断っていたかもしれません。だって、天下の朝日新聞が「いじめ」について特集をするというのは、いかにも、「大人が上からの目線で子供に語る」という匂いがするのです。

けれど、依頼が友人だとなかなか断れません。僕は半ば、困ったなあと思いながら引き受けました。

そして、「上からでなく」「他人事《ひとごと》でなく」「説教でもなく」、いじめられている子供に何が言えるのだろうかと考えて、取材で行った鳩間島《はとま》で出会った小学生達を思い出したのです。

その時のことは前にも書きましたが、鳩間島は過疎に悩み、小学校・中学校を廃校にしないために、全国から「海浜留学」を受け入れようと島をあげて取り組み始めたのです。

そして、全国から、不登校やいじめに苦しめられている小学生・中学生が集まりました。

いじめられて鳩間島に逃げてきた小学生は、「鳩間島に来て、どう変わった?」という僕の質問に「子供らしくなりました」と笑顔で答えました。

逃げることは恥じゃない。逃げていいんだ。逃げることは、自分の意志で「行く」ことでもあるんだ。積極的に逃げて欲しい。

そんな思いで、今の学校が嫌なら、南の島にでも小さな村にでも逃げればいいと僕は書いたのです。

この文章を読んで、実際に奥田さんは鳩間島に中学2年の時に行ったそうです。文章のどこにも「鳩間島」とは書いてなかったので、僕は驚きました。

対談では、鳩間島の生活をいろいろと聞きました。奥田さんは1年半ほどいたそうです。

住んでみれば、もちろん、「南洋の楽園」なんかじゃなくて、そこには生活があります。人間がいれば感情があり、対立や葛藤やすれ違いも当然あります。それでも、奥田さんは「鳩間島に行ってよかった」と言いました。

僕は奥田さんの話を聞きながら、原稿を依頼した友人の山上浩二郎のことを思っていました。山上は、2012年、心臓の病気で亡くなりました。53歳という働き盛りでした。奥さんと娘さん二人が残されました。

山上が依頼しなければ、「死なないで、逃げて逃げて」という原稿を書くことはありませんでした。

原稿を依頼した側も書いた側もお互い、10年後に、こんな形で引き継がれるとは夢にも思いませんでした。こうやって、仕事というか成果というか「やったこと」は受け継がれていくのかなあと、天国の山上を思います。

お前がした仕事は、こうやって今を生きる人の中で続いているんだぞと、山上に語りかけたくなるのです。

奥田さんは、対談した次の日、ツイッターでこう書きました。

「鴻上さんと対談して、自分が生きてるのって笑っちゃうぐらい偶然なんだと思いました。10年前、鴻上さんのある記事をきっかけに鳩間島に行ったのでした。死なないように、逃げるように」

（鳩間島は、毎年、小学生と中学生を募集することが多いです。もし、興味があるなら、竹富町教育委員会のホームページをチェックすることをお勧めします。鳩間島留学生につ

いての案内があります）

（２０１７年８月）

人生の選択は意外と単純だったりする

今日は、新作『僕たちの好きだった革命』のそもそもの物語の原案者、堤幸彦《つつみゆきひこ》監督が稽古場に来てくれて、そのまま、芝居のパンフレット用の対談を主役の中村雅俊《なかむらまさとし》さんと3人でやりました。

今回の芝居は、学生運動がモチーフになっているので、話は、やっぱり、学生運動のことから始まり、ちょっとしたエピソードを僕が話しました。

それは、今回、高校が舞台なので、「今の高校生はどんなもんだろう」とリサーチした時の話です。

僕の高校の時の同級生が、結婚し、母親となり、高校生の娘さんがいるというので、「ちょっと娘さんと話をさせてくれないか。ついては、娘さんのクラスメイトも呼んで欲しいんだけど」なんて依頼をしました。

んで、喫茶店でコーヒーとケーキを奢《おご》りながら話を聞いていると、そのクラスメイトの女子高生が、「うちの母親も学生運動やってたみたいなんです。で、じつは、中村雅俊さんと同じクラスだったんです」なんてことを言い出したのです。

その後、中村さんにその話をすると、「おおっ！　それは、学籍番号1番違いの××じゃないか！　ようく覚えてるよ。クラスに女性は4人しかいなかったからね。でも、彼女は2年生ぐらいから地下にもぐって、学校に来なくなったんだよ。死んだなんて噂まで流れたんだ。そうかあ。生きてたんだ。そうかあ……」と、感慨深いため息をつかれました。

「いや、クラス会があるたびに、××はどうしてるんだろう？　ってみんなで言ってたんだよ。今回、クラスメイトがまとめて、この芝居を見に来るんだけど、××も来ないかなあ。会うとしたら、三十何年ぶりだよ。すごいよねえ」

世の中には、偶然というものがあるんだなあと、堤さんにこの話をすると、

「いや、僕もね、あんまり詳しくは言えないんだけど、クラスメイトの女性がいてね。1年生のうちに授業に来なくなって、そのまま、三十数年、消息が分からなかったんだけど、ちょっと前から、交番に張られている指名手配の写真に彼女が写ってるんだよねえ」

と、しみじみと話されました。

堤さんは、「僕は、学生運動をするために大学に入ったんだから」と言いました。１９

74年入学です。

学生運動に詳しい人なら、1974年に「学生運動をする」と決意して上京することが、いかに「無謀で愚かなこと」か分かるはずです。

その頃は、圧倒的な退潮期であり、内ゲバがもっとも盛んな頃だったのです。

この時期に学生運動に飛び込むというのは、一種の〝自殺行為〟と呼んでも間違いない行為でした。

それでも、堤さんは、法政大学でノンセクトと呼ばれる党派と関係のない運動と出会いました。それが、学生運動に失望しないきっかけになりました。

僕は、1978年入学ですが、早稲田大学では、あるセクト（党派）が主導権を握っていて、学生運動をしようとすると、その党派と何らかの関係を持たざるをえないような状況でした。

もし、早稲田大学でも、ノンセクトの一大潮流が残っていれば、僕はひょっとしたらひょっとしていたかもしれないと思います。

人間の運命なんて、自分が考えている以上に偶然に左右されるものだと思ったりします。

堤さんと現在指名手配されている女性との違いは、かぶったヘルメットの色だけでした(色の違いがセクトを表すのです)。

何色をかぶるかで、その後の運命が変わったのです。でも、その色を選択した理由は、じつは、誰と出会ってどの色を勧められたか、という違いだけなのです。

あらゆる色の違い(つまり理論の違い)を理解して、その結果、ひとつの色を選んだ、なんて人はほとんどいないと思います。みんな、近くにどんな色があったか、誰にどんな色を勧められたか、どんな色をかっこいいと思ったか、です。

というようなことを言うと、学生運動をやっていた団塊の世代から激しく突っ込まれるのですが、でも、それが真実だろうと僕は思っています。で、それは決して悪いことではなく、人間というのは、左翼右翼問わず、そういう〝単純で感覚的な〟判断で人生を選んでいくもんだと思っているのです。

今回、あの当時の資料映像をたくさん見ているのですが、「アジ演説」と呼ばれる演説のほとんどは、あまりうまくないのです。もちろん、生で聞かないと魅力は半減するのでしょうが、それにしても、うまくないのです。

堤さんは、「いやあ、あの時期、いろんなものを見てきたよ。組織がつぶれていく瞬間とかさ。もうちょっと工夫すれば、あなたの組織は人数を拡大できるのに、なんて思うのに、うまくない所が多いんだよ」と、話されました。

そういう視点が、現在の堤さんの作品に「サービス精神」というか「遊び心」として開花しているのかなあと思います。

（2007年1月）

幸せとは何か？　僕はずっと問い続けている

2011年3月11日、東日本大震災発生とそれに伴う東京電力福島第一原子力発電所におけるメルトダウンは戦後日本最大の危機とも言われた。

２０１１年は、本当に激動の年でした。世界と日本が、新たなレベルに突入した1年だったと感じます。

と言っても、試練は悪いことだけではないと思っています。苦しかったり、辛かったりすると、「自分は結局、何を幸せだと思っているのか？」ということを嫌でも考えるようになるからです。

僕は２０１２年1月15日で解散した「第三舞台」の稽古と本番を続けていた時、「自分は何を幸福に感じ、何を嫌悪するのか」を反芻《はんすう》していました。22歳で劇団を作った時から、ただもう、やみくもに走ってきたように感じます。結成20周年の後の10年間の劇団封印の間は、プロデュース公演に忙しく、じっくり、考えてこなかったようにも思います。

と言って、考えて、すぐに結論がでるのなら、苦労はしません。「一体、何を幸福と思うのか？」という答えを出すために、一生を使うのかもしれません。

けれど、例えば、失うことが多くなると、「これだけは失いたくない」というものと、「これはじつは失ってもいいんだ」という違いを自然に考えるようになると思います。

僕達日本人は、やっぱり、「空気」を気にしますし、「世間」もなかなか無視できませんから、自分が求めているのか、「世間」と「空気」が求めているのを、気を回して自分が求めている気持ちになっているのか、区別がつかなくなります。

以前、「イギリスではMD（MiniDisc）の時代はなかった」という話を書きました。音楽ファン達は、どんなに企業が宣伝しても、カセットテープを手放してMDにはいかなかったという事実です。

CDが発売されて初めて、「うむ。これは、便利だ。カセットテープを手放す意味はある」とイギリスの消費者は判断したのです。

日本人は、ちゃんと几帳面に、企業の宣伝戦略通り、カセットテープからMDに行き、そしてMDを手放してCDに行き、そしてDL《ダウンロード》に（これは世界的な潮流ですが）進んだのです（そして今では、ストリーミング配信が主流になりつつあります）。

それは、ただただ、僕達が「空気」に敏感なことが優秀なことだと思い込んでいたからです。

僕は、何度も日本とイギリスの比較を書いてきました。そうすることで、「幸せとは何か？」を考えるきっかけになると思ったからです。イギリスのガーデニング番組では、みんな平気な顔をして、壊れたバケツやペットボトルを半分に切った物に花を植えて、楽しそうに語ります。

それが、恥ずかしいという発想はありません。もちろん、おしゃれな植木鉢を買うお金がないからです。貧乏になってどんどん失い、最終的に選んだのは、「美しい花が咲けば、ペットボトルの鉢でも問題はない」という哲学でした。もちろん、お金があれば、それは恥ずかしいと思ったでしょう。でも、お金がない時に、「おしゃれな植木鉢は失ってもいい物」と判断したのです。

ロンドンでは中心街の大通りにリサイクルショップが出現しました。それだけ貧しかったし、そして、人々は真剣に考えた結果「リサイクルで買って問題ないものは、積極的にリサイクルで買おう」と判断したのです。そして「それが幸せだ」と結論したのです。

もちろん、数年前の金融バブルの中で、そういうお店は消えていきました。けれど、苦しくなった時、そこまでの選択をすることが、幸せを見つける道だと思うのです。すぐには結論はでません。

けれど、じっくりと時間をかけて、落ち着いて、「一体、自分は何を幸せだと思うんだろう？」と考えることは、今の時代を生き抜く知恵だと思います。

もちろん、絶対の正解なんてありません。それは、一人一人、違うはずです。でも、「俺は、週末、図書館から借りてきた推理小説を読むことが、人生で一番、楽しいことなんだ」と結論するとしたら、その快楽に徹底的に従うべきだと思います。人がしているからするとか、「空気」が求めているからする、ではなく、自分が本当にしたいことをじっくりと考える。そして、したいと思ったことを迷わず実行する、というのは、とても豊かな時間だと思うのです。

で、僕は「幸せとは何か？」をずっと考えています。

（2012年1月）

人生の真実は0か100ではない

いよいよ、音楽劇『リンダリンダ』が開幕しました。

リードボーカルだけメジャーなレコード会社に引っこ抜かれ、残されたメンバー達が、本当のロックバンドになるための話です。

別の言い方をすれば、夢見る時期を過ぎたのに、まだ夢を見続けようとする人達の話です。

その昔、ラジオのリスナーから手紙をもらいました。

「鴻上さん。僕は大学時代、ロックバンドをやっていました。プロを目指したのですがうまくいかず、普通の会社に就職してサラリーマンになりました。昨日、上司にカラオケに誘われ、演歌を歌えと言われました。……鴻上さん、僕は魂を売りました」

あまりにも切なくて可笑《おか》しかったので、ラジオで紹介しました。

プロの歌手になる、プロの表現者になる、プロの俳優になる——それが成功だと一般的には思われています。

が、そういう職業だって、なってしまえば、魂を売らなければいけない瞬間があるのです。

世界的な演出家の蜷川幸雄《にながわゆきお》巨匠（1935～2016年）から、以前聞いた話です。蜷川さんがプロの演出家になって、いろいろと演出している時に、主演俳優やプロデューサーに無理難題を何回も言われたそうです。

あきらかに時間が足らないのに幕を開けないといけない場合や、主演俳優が好きな色の服を美術プランと関係なく着たいと主張した時や、物語と関係なく俳優の見せ場を求められた場合です。

そういう時、蜷川さんはその指示に従った後、黒のボールペンで自分の手の甲に×印を書き込んだそうです。お風呂に入っても絶対に消えないぐらい、黒々と深く深く、×印を書き込んだと、話してくれました。

一本の作品を作る時、自分は一体、何回、自分自身の演出プランを裏切り、魂を売ったのか——それは、手の甲の×印を数えれば一目瞭然《りょうぜん》です。蜷川さんは、自分自身のために、×印を書き続けたと言います。

演出している時、ふっと自分の手の甲を見て、その数を数え、悔しさと情けなさと怒りを、そのたびに確認したそうです。

もちろん、演劇なんてのは集団創作ですから、自分のプランを変更することは普通にあります。机上でこれが一番いいと思っていても、いざ現場でやってみて、うまくいかなければ、変えるのは当たり前のことです。

経済的な意味で妥協することもあります。

ただ、それは自分で「ベストのチョイスは分からないけれど、ベターなやり方はこれだ」という判断が働くからです。

が、集団の力学では、「自分ではまったくいいと思わない。というか、そもそも、それをする理由も価値も意味も分からない」ということを求められることがあります。それをすることは作品に明らかに傷を付けることだ、と思えることです。

そういう時、けれど、自分がその仕事を続けるためには、その選択を取らざるを得ないことがあります。そのたびに、蜷川さんは、手の甲に黒々とした×印を書いたのです。

これは、じつはとても優れた方法だと、僕は蜷川さんの話を聞いて思いました。それは、「ああ、もう、僕はなんでもかんでも負けている」ではなく「ああ、今回の仕事で俺は4回、自分を裏切った」とカウントできるというのは、自分をぎりぎり維持できる手段だと感じるからです。

追い込まれると、0か100かの思考になりがちです。でも、人生の真実は、48点とか67点とかの微妙なところにあるのです。48点で絶望しようとしても、それは0点とは違います。少なくとも、48点積み重ねた自分自身を褒めるべきなのです。0点と48点では、全然、違うのですから。

自分自身への裏切りも、無限に続くわけではないのです。妥協や裏切りが何回あったのか。それを把握するだけでも、人生はずいぶん、生きやすくなるだろうと思います。

そして、こういう人生の秘密というか恥部を話してくれる蜷川さんの素敵さに感動します。

（2012年6月）

ポジティブな理不尽について

「第三舞台」の旗揚げメンバーだった岩谷真哉《いわやしんや》という俳優は、22歳の時にバイク事故で亡くなりました。早稲田通りを安全運転で走っていたのに、一方通行の入口を逆走して出てきた車にぶつけられたのです。

本当に上手い俳優で、将来が楽しみな奴でした。

一周忌の法要の時に、岩谷のお母さんが「真哉が死んだのは、運命ってお坊さんに言われたんです。私もそうなのかなと思うようになりました」とおっしゃいました。僕は、27歳で若造でしたから「運命なんかであるものか。なんということを言う坊主なんだ」と気色ばみました。

けれど、今なら、そのお坊さんが「運命」という非論理的な言葉を使った意味が、こういうことだったのかと想像できます。

死はもともと理不尽です。

１００歳を超えて老衰で大往生、なんて死は滅多にないでしょう。多くの死は、唐突な理不尽としてやってきます。

そして、災害の現場では、死はもっとも唐突で理不尽なものとして現れます。震災の現場、津波の現場では、死は唐突な理不尽そのものになります。どうして私は生き残り、愛しいあの人は死んだのか。どうして津波はここまで来たのか。どうして津波はここで止まったのか。どうして生き残った私はこの方向に走り、亡くなったあの人はあの方向に走ったのか。

そこには、誰をも納得させる理論はありません。残酷な言い方をすれば、私が生き残り、あの人が死んだのは偶然以外のなにものでもありません。こっちの方向に走ったのも、あっちの方向に走ったのも、明確に理由があったわけではありません。津波がここまで来たのも、津波がそこにいかなかったのも、明確な理由はありません。

死は、ただ、理不尽に理由なく襲うのです。

これが、戦死や殉職《じゅんしょく》という、ぎりぎり意味のある死だと、まだ人は納得できるのだと思います。けれど、愛しい人が死んだ理由が、偶然だというのは、どうにも納得できないことなのです。

理不尽な死は、理論的な言葉では説明も慰めもできないのです。

どんなに理論的な言葉を重ねても、理不尽な死を癒《いや》すことはできない。理不尽な死を癒すことができるのは、ただ、理不尽な言葉や行動だけなのではないかと思うのです。そう思った時、お坊さんの「運命」という理不尽な言葉を思い出したのです。

将来を嘱望《しょくぼう》された22歳の若者が何の過失もなく亡くなる理不尽に対して、どんな理論的な慰めの言葉も有効ではない。ただ、「運命」という理不尽な言葉だけが、母親を慰撫《いぶ》することができる。お坊さんはそう考えたのかもしれないと。

この原稿の元になる文章は、じつは、「国境なき医師団」に対するエッセーとして新聞に書いてほしいと依頼されたものです。規定の文章量が短かったので、あらためてここに書いています。

「国境なき医師団」は、海外で活躍しているというイメージが強いですが、東日本大震災の現場でも数十人の医療スタッフが働きました。

ボランティアや人道支援がどうして胸を打つのだろうと考えているうちに、これらの活動は、経済的視点から見れば、理不尽なものだからじゃないかと思い至りました。

正当な対価を要求しないボランティアや人道支援は、あきらかに資本主義の原則からすれば、理不尽な行動です。

が、だからこそ唐突な理不尽である死を、通常の行動より深く、それこそ魂のレベルから癒せるのじゃないかと思ったのです。理不尽を癒せるのは理不尽しかないのじゃないか。理不尽な死に対して、経済的に理不尽な行動や微笑み、献身、ボランティアができることは、僕達の想像よりはるかに多いのじゃないか。

3月11日と福島原発事故を経験した日本は、あきらかに今までの日本とは違う段階に来たのだと僕は思っています。

唐突で理不尽な死に満ちた日本を、どんな理不尽が癒すことができるのか。

けれど、何の議論もなく原発が再稼働されるというネガティブな理不尽ではなく、ボランティアのようなポジティブな理不尽がたくさん生まれるようにと、祈るのです。

（2011年4月）

『鶴の恩返し』で去らない鶴がいてもいい

ＢＳ朝日で『熱中世代』という番組の司会を進藤晶子《しんどうまさこ》さんと一緒にしています（２０１３〜２０１８年）。オンエアは、日曜朝８時なんですが、精神科医で作詞家の「きたやまおさむ」さんが何回もゲストで来てくれています。

きたやまさんは、「かっこよく去る」ということに一貫して反対しています。かっこ悪く、ダラダラと、粘りながら居続けてもいいんじゃないかと言うのです。

例えばと言って『鶴の恩返し』の話を持ち出します。

あの時、鶴は自分の正体を見られたから、去っていく。それはかっこいいんだけど、人生はそんなもんじゃないんじゃないか。そんな風に去れたら素敵かもしんないけど、人生、そうはいかないと思う、と言うのです。

じゃあ、どうすればいいんですか？　と問いかけると、「だから、居座るんです」と、楽しそうに答えられました。

鶴は去っていかない。見られて正体がバレても居座る。ただ、ダラダラと居る。そういう関係は面白いときたやまさんは言います。

そう聞いて、いきなり物語のイメージが膨《ふく》らみました。

夫の「よひょう」は、女房の「つう」の正体を知った後も、なんとなく一緒の生活を続けます。で、酔っぱらうと「お前は人間なの？　それとも鶴なの？」なんて聞くのです。つうの方も「両方だし、両方でもないし、私も分かんないのよ」なんて困りながら答えるのです。

んで、また、自分の羽根で反物《たんもの》を織り始める姿を見て、よひょうは、「やせ細ったお前は、美しいのか？　醜いのか？」と混乱するのです。

つうは、そう聞くと「やせてガリガリだけどお金はある私と、見事に美しいけれどお金がない私。どっちを選ぶ？」なんていう究極の選択を迫るのです。

おお、これはまるで、「スタイル抜群で美人のモデルなんだけど性格は最悪でバカか、性格は最高でものすごく賢いんだけどデブでぶさいく。どっちを選ぶ？」という究極の選択の古典そのものではないですか。

んで、そうこうしているうちに、つうとよひょうに子供が生まれるわけですね。

子供は、「うちの母ちゃん、昔、鶴だったらしいぜ」と知って、苦悩していいのか驚いていいのか分からないまま、生活を続けるのです。やがて、子供は二人になって、「ねえ、私達もそのうち、鶴になるのかな？　そしたら、空を飛べるかな？」なんてワクワクしながら話し合うのです。

「まあ、俺達は、最終的には鶴になって自分の羽根で反物を織ればいいんだから、最低保障はあるよな」

兄が妹か弟にそんなことを言うかもしれません。

ここらへん、物語の展開に気をつけないと、映画『おおかみこどもの雨と雪』（細田守監督、２０１２年）とかぶりそうになります。『こうかみしょうじの飴と湯気』なんて言われないようにしないといけません。

きたやまさんが、「ダラダラと生き続けること」を主張するのは、２００９年に62歳で自死した加藤和彦《かとうかずひこ》さんのことを思うからでしょう。

加藤さんの去り際は、それは見事なものでした。自分の荷物をすべて整理し、スタジオもきれいに片づけ、ただ、壁に一枚、アマチュア時代の「ザ・フォーク・クルセダーズ」のライブ風景を写した白黒写真を残しただけでした。

遺書の書き出しは、「今日は晴れて良い日だ。こんな日に消えられるなんて素敵ではないか」で、末文は、「現場の方々にお詫びを申し上げます。面倒くさいことを、すいません。ありがとう」でした。

あまりにも見事でスマートで手際がいいからこそ、きたやまさんは、「ちょっと待て」と思ったのだと思います。

お前はそれでいいけれど、残された人間はどうなる。かっこよくさっと去っていくお前はいい。けれど、残される人間の気持ちはどうなる。

だから、きれいに去るなんて思わずに、ダラダラとかっこ悪く生きていこうと言うのです。

中年の孤独死が問題になっています。多くの人はかっこ悪くなりたくないから、ミジメな自分を見せたくないから、外部との接触を絶ったんじゃないでしょうか。

でも、かっこ悪く、恥をかきながら世界とつながるのもいいもんだと僕は思うのです。

（２０１６年４月）

あとがきにかえて

自分自身読み返して、まったく忘れていたエッセーもあれば、ずっと覚えていたものもあります。

今回、担当編集者の田中さんがセレクトしてくれたのですが、「あれは入れて欲しい」と思わず言ってしまったものがひとつあります。

それは、『生きる』とミニスカート」の原稿です。

「1200本以上ある原稿の中で、お前が残したいと思ったのは、それなのか⁉」と突っ込みたくなった人もいたかもしれませんが、でもね、本当に、15人ほどの女性が同時に服を脱ぎ始めた風景を見た瞬間の、自分自身の変化は衝撃的だったのです。

いきなり話は飛ぶのですが、僕はよくオーディションというものをします。

オーディションには、いろんな人が来ます。なかには、「私というブラックボックスから、いろんなものを鴻上《こうかみ》さんに引き出して欲しいです！」とにこやかに微笑む若者がいます。

僕が演出家なので、俳優を目指す自分の才能をいろいろと開花させて欲しいということでしょう。

その言葉を聞くたびに僕は、「う〜ん。その箱の中は空っぽなんじゃないだろうか」と思います。もちろん、こんな失礼なことは音声化しません。しませんが、何も努力しないで、箱の中にいろんなものが入っていることはないんじゃないかと思うのです。

こういう発言をするのは、俳優志望者に多いです。俳優を続けていて、「自分は本当にいろんなものが足らない」と思っている人は、こんな発言はしません。

「いろんなものが足らない」というのは——例えば「そこは１９５０年代のアメリカのミュージカル映画みたいな感じで歩いてみて」とか「そこは、時代劇に出てくる大店《おおだな》の若旦那って感じで反応してみて」「中国の京劇っぽい動きで動いてみて」なんて注文を俳優は受けるわけです。

で、そういうオーダーに反応できるためには、１９５０年代のミュージカル映画を見ておかなければいけないし、和服の所作も少しは練習しておかなければいけないし、京劇も一度は見ておかないとまったく反応できないわけです。

こういうのを、箱ではなく、「引き出し」の譬えで俳優と演出家はよく語ります。たくさんのものをたくさんの引き出しに入れておかないと、突然のオーダーに応えられないと考えるのです。

「あの俳優は引き出しが多い」とか「いろんな引き出しがある」なんて言われたり、逆に「まったく引き出しがない」「引き出しが空っぽ」なんて言い方もされます。

つまりは、入れないと出てこないという当たり前のことです。

奇跡は起こらない。ミュージカル映画を見たこともないのに、突然、ミュージカルのように歩けるわけがない。日舞の稽古をしたことがないのに、日舞が踊れるわけがない。「運動神経が天才的によい主人公が、初めてやったスポーツでいきなり大活躍する」なんていうマンガがたまにありますが、現実にはそんなことはないだろうと思っていますし、そもそも、そんな例は現実には見たことがありません。

引き出しにも箱にも、何かを入れないと出てこない。

これが僕の基本認識です。

なのに、15人ほどの女性が一斉に洋服を脱いで水着になっていく風景を見た瞬間に、自分の中から、自分でまったく予期しなかった感情が溢れ出たのです。

人生をここでやめてもいいなと思っていたのに、いきなり、「生きていくぞお！」という熱いマグマが身体の中から吹き出したのです。

ここまで説明すれば、この時の僕の衝撃が少しは分かってもらえるでしょうか。自分の中に自分の知らないものが存在している——これは本当に衝撃でした。

忘れがたかったのは、それが圧倒的にポジティブで前向きな感情だったことです。「バランスよくマイノリティー感覚を経験すること」で書いた、「差別されていると分かるのに、話しかけられて嬉しい」という感情も、自分の中にあるとは想像もできませんでした。

この感情は、分類すればネガティブなものでしょう。今でも、この感情を思い出すたびに、心の片隅がチクリとします。

ネガティブとポジティブとに分類できない感情を体験したこともあります。

以前、エッセーに書きましたが、1ヵ月ほどアメリカ旅行をした時のことです。日本食をまったく食べないまま旅を続け、「なんだ、全然、平気じゃないか。これで俺もコスモポリタンになれるかな」なんて「コスモポリタン」という語感に憧れて、僕はうひょひょと喜んでいました。

ある日、チャイナタウンを歩いていると、どこからともなく「お醤油」の匂いが漂ってきました。その匂いを嗅いだ瞬間、身体全体が震えました。身体の奥深い所から醤油の匂いに揺さぶられたのです。

身体が醤油を求めていたのか、懐かしい匂いを嗅いで身体が慣れ親しんだ感覚に震えたのか、いきなり身体が故郷の記憶に喜んだのか――とにかく僕は揺さぶられました。あまりの衝撃で、しばらく歩けず、ボーッとチャイナタウンに立ち尽くしていました。

それは、ただ衝撃でした。「ああ、お醤油を使った料理を食べたい」でも「ああ、お醤油に揺さぶられる自分は嫌だ」でもなく、ただ「私の身体の深い部分とお醤油はつながっている」という事実に打ちのめされた状態でした。

しばらくして、ようやく思考が働き始めた時、最初に思ったのは、「僕にとって、日本人であるということは醤油の匂いなんだ」ということでした。自分自身が自覚することなく、「日本」が身体の奥底に染み込んでいるんだなという衝撃だったのです。

トド島での女性の着替えの風景では、自分がいかに動物であるか、ということを突きつけられたのです。死への観念的な誘惑も、甘い絶望も、動物のエネルギーの前では、まったく意味がないんだと教えられたのです。

ただ、このエピソードを「スケベなだけじゃん！」という痛快な一言でまとめられる危険もあると思いました。

担当編集者の田中さんは、演劇学校のエピソードや「ポジティブな理不尽」という予期しなかった感情のエッセーは残しても「鴻上のスケベは生きる力である」という話は載せないかなあと心配して、先にお願いしたのです。田中さんは、「もちろん、載せるつもりです！」と明快な返事をくれました。そのメールをもらった一日は、幸せでした。

話は少しズレますが、よく、「どんなに哀しくてもお腹が減る」ということが生命力の象徴のように語られたりします。人間が動物である限り、どんなに哀しいことが起こってもお腹がすく。僕は昔、芝居のセリフで「涙と共にお米をといだことのない人には、人生の意味は分からないのよ」なんて書きました。

だから、まったく食欲がなくなってしまった時、何を食べても美味しいとは感じなくなってしまった時は、動物として壊れてしまった時だと思います。それは、すぐに精神的な治療を受けろという身体の危険信号でしょう。

どんなに悩んでいても、昇る朝日を見ると、心がふっと動きます。一晩、思い詰めて、もうダメだと思っていても、ゆっくりと空が白み始め、太陽がゆっくりと顔を出す風景を見ると、「それでも、生きていくか」と感じます。

けれど、これもまた、昇る朝日を見ても何も感じなくなったら、生き物として壊れてしまったということでしょう。ちゃんとした治療が必要なレベルだと思います。

今日、ツイッターを見ていたら、「『自分と異なる価値観や文化を受け入れる力を教養という』的なことを鴻上氏が言っていたんだけど」という文章がありました。

そんなことを言った記憶はまったくないんですが、いえ、ただ忘れているだけかもしれませんが、良い言葉だと思います。

ただし「受け入れる」という表現は、気をつけないと「相手の言いなりになる」というニュアンスが入り込むかもしれません。

この言葉をもっとちゃんと言うと「自分と異なる価値観や文化とうまくつきあえる力を教養という」ということでしょう。

「つきあう」というのは、ただ賛同することでも共感することでもなく、けれど相手の立場を理解して、歩み寄ることができることは歩み寄り、妥協できないことはできないと伝えるということです。

そうすることは、人生という訳の分からないものをより楽しむための知恵のような気がします。

だって人生は、「自分と異なる価値観や文化」とたくさん出会うわけです。それに対して、いちいち、戦ったり、服従したり、完全に拒否したり、完全に受け入れたりしていたら、大変だと思うのです。

自分と異なる価値観や文化とうまく「つきあえる」ようになれたら素敵だと思います。

自分の中に自分の知らないものが存在している――この考え方から「自分探し」という発想が生まれたのかと思います。

どこかに本当の自分がいて、それをまだ自分は見つけてないだけだから、とにかく探す旅を続けよう。

僕はずっと「自分探し」ではなく「自分作り」だと思ってやってきました。自分は探すものではなく、作り上げるものだと。

それでも、自分の中に、自分の知らない自分が存在している、自分が予想もしてない感情がある、ということはとても面白いんじゃないかと感じます。

ワクワクという表現を使ってもいいのですが、ロンドンで経験したようなネガティブな感情の時もあるので、単純に喜んでいる場合ではないのでしょう。

今にして思えば、トド島での衝撃も、チャイナタウンでの驚愕も、演劇学校での悲しみも、僕がもう少し人生経験を積み、大人になっていれば、予測可能なことだったのかもしれないと思います。

「そんなばかな」と驚くのではなく、「やっぱりなあ」と納得したかもしれないと考えるのです。

それは、自分でまったく予想しなかった感情をたくさん経験することで、考えられるようになることじゃないかと思います。

「自分と異なる価値観や文化」と出会えば出会うほど、そういうものとのつきあい方はうまくなっていくだろうということです。

その結果、より人生を楽しめるようになるんじゃないかと思うのです。だって自分が知らない、いろんなものと次々と出会っていれば、退屈している暇はありませんからね。

そう思うと、「自分と異なる価値観や文化」と出会うことも、「自分自身が予期しなかった感情」が溢れてくることも、たとえそれがネガティヴなタイプのものでも、うんと踏ん張って前向きに楽しんでいけたらいいなあと思っているのです。

２０２２年７月

鴻上尚史

本書は週刊『ＳＰＡ！』（扶桑社）１９９４年10月12日号～２０２１年５月26日号で連載した「ドン・キホーテのピアス」の一部を、書籍化にあたり加筆修正のうえ、再構成したものです。

鴻上尚史

1958年愛媛県生まれ。早稲田大学法学部卒業。作家・演出家・映画監督。大学在学中の1981年、劇団「第三舞台」を旗揚げする。'87年『朝日のような夕日をつれて'87』で紀伊國屋演劇賞団体賞受賞、'94年『スナフキンの手紙』で岸田國士戯曲賞を受賞。2007年に旗揚げした「虚構の劇団」の旗揚げ三部作戯曲集『グローブ・ジャングル』では、第61回読売文学賞戯曲・シナリオ賞を受賞した。著書に『あなたの魅力を演出するちょっとしたヒント』『青空に飛ぶ』(ともに講談社文庫)、『「空気」と「世間」』『不死身の特攻兵』(ともに講談社現代新書)、『ベター・ハーフ』(講談社)、『鴻上尚史のほがらか人生相談』(朝日新聞出版)、『人間ってなんだ』(講談社+α新書)など多数。

講談社+α《プラスアルファ》新書 **855-2 C**

人《じん》生《せい》ってなんだ

鴻《こう》上《かみ》尚《しょう》史《じ》 ©KOKAMI Shoji 2022

2022年8月17日第1刷発行

発行者―――― **鈴木章一**

発行所―――― **株式会社 講談社**

東京都文京区音羽2-12-21 〒112-8001

電話 編集(03)5395-3522

販売(03)5395-4415

業務(03)5395-3615

デザイン―――― **鈴木成一デザイン室**

カバー印刷―――― **共同印刷株式会社**

印刷―――― **株式会社新藤慶昌堂**

製本―――― **株式会社国宝社**

KODANSHA

定価はカバーに表示してあります。

落丁本・乱丁本は購入書店名を明記のうえ、小社業務あてにお送りください。

送料は小社負担にてお取り替えします。

なお、この本の内容についてのお問い合わせは第一事業局企画部「+α新書」あてにお願いいたします。

Printed in Japan

ISBN978-4-06-529437-6